Le papier de cet ouvrage est composé de fibres naturelles, renouvelables, recyclables et fabriquées à partir de bois provenant de forêts plantées et cultivées expressément pour la fabrication de la pâte à papier.

Mise en pages : Aubin Leray

Loi n° 49-956 du 16 juillet 1949
sur les publications destinées à la jeunesse
ISBN : 978-2-07-063009-7
Numéro d'édition : 287875
Premier dépôt légal dans la même collection : janvier 2003
Dépôt légal : mai 2015

Imprimé en Espagne par Novoprint (Barcelone)

# Roald Dahl :
## bien plus que de belles histoires !

Saviez-vous que 10 % des droits d'auteur* de ce livre sont versés aux associations caritatives Roald Dahl ?

La *Roald Dahl Foundation* soutient des infirmières spécialisées qui soignent des enfants atteints d'épilepsie, de maladies du sang et de traumatismes crâniens à travers le Royaume-Uni. La Fondation apporte aussi une aide matérielle aux enfants et adolescents souffrant de difficultés de lecture ou de troubles cérébraux ou sanguins (des causes qui furent chères à Roald Dahl tout au long de sa vie) en finançant hôpitaux et associations caritatives et en mettant des bourses à la disposition d'enfants et de familles.

Le *Roald Dahl Museum and Story Centre* est situé aux abords de Londres, dans le village de Great Missenden (Buckinghamshire) où Roald Dahl vivait et écrivait. Au cœur du musée, dont le but est de susciter l'amour de la lecture et de l'écriture, sont archivés les inestimables lettres et manuscrits de l'auteur. Outre deux galeries pleines de surprises et d'humour consacrées à sa vie de façon dynamique, le musée est doté d'un atelier d'écriture interactif *(Story Centre)* où parents, enfants, enseignants et élèves peuvent découvrir l'univers passionnant de la création littéraire.

\* Les droits d'auteur versés sont nets de commission.

www.roalddahlfoundation.org
www.roalddahlmuseum.org

La *Roald Dahl Foundation* (RDF)
est une association caritative enregistrée sous le n° 1004230.
Le *Roald Dahl Museum and Story Centre* (RDMSC)
est une association caritative enregistrée sous le n° 1085853.
Le *Roald Dahl Charitable Trust*, une association caritative
récemment créée, soutient l'action de la RDF et du RDMSC.

THE
ROALD DAHL
FOUNDATION

**Roald Dahl**

# TEL EST PRIS
# QUI CROYAIT PRENDRE

traduit de l'anglais
par Hilda Barberis et Élisabeth Gaspar

**FOLIO** JUNIOR/**GALLIMARD** JEUNESSE

# LE CONNAISSEUR

Nous étions six à dîner chez Mike Schofield, à Londres : Mike, sa femme et sa fille, ma femme et moi, et un nommé Richard Pratt. Richard Pratt était un fameux gourmet. Président d'un petit cercle dit « Les Épicuriens », il publiait tous les mois, à l'intention des membres de ce cercle, une brochure sur la bonne cuisine et le bon vin. Il organisait des repas où étaient servis des plats somptueux et des vins rares. Il s'abstenait de fumer pour garder intactes les facultés de son palais et il avait pris la curieuse habitude de parler d'un vin comme s'il s'agissait d'un être vivant. « Un vin extrêmement prudent, disait-il par exemple, plutôt distant et évasif, mais d'une prudence remarquable. » Ou bien : « Un vin plein d'humour, jovial et gai, un peu obscène peut-être, mais plein d'humour. »

J'avais déjà été invité deux fois chez Mike en même temps que Richard Pratt. Et chaque fois Mike et sa femme avaient réussi à composer un menu digne du grand gastronome. Il allait en être de même ce soir-là.

Une table savamment décorée nous attendait dans la salle à manger. Les hautes chandelles, les roses thé, les scintillements de l'argenterie, les trois coupes de cristal qui complétaient chaque couvert et, par-dessus tout cela, une chaude odeur de rôti qui me mit tout de suite l'eau à la bouche.

Je me rappelai, au moment où nous passions à table, qu'à chacune des précédentes visites de Richard Pratt, Mike et lui s'étaient livrés à un petit jeu, au moment où nous allions déguster le bordeaux. Pratt devait goûter le vin pour deviner son origine et son âge sans avoir vu l'étiquette. Chaque fois, l'enjeu avait été une caisse du vin en question. Et chaque fois, Pratt avait gagné. Ce soir-là, j'étais sûr d'assister une nouvelle fois à ce petit jeu. Car Mike, quitte à perdre, prenait un plaisir tout particulier à voir identifier les vins de son choix par un si fin gourmet. Non moins grand semblait le plaisir qu'éprouvait Pratt à éblouir l'assistance par son savoir et sa perspicacité.

Le repas débuta par une friture au beurre, bien dorée et bien croquante, arrosée d'un moselle que Mike nous versa lui-même, sans cesser d'observer Richard Pratt. Mike avait posé la bouteille devant moi et je pus lire l'inscription : « Geierslay Ohligsberg 1945 ». Penché vers moi, Mike m'expliqua à mi-voix que Geierslay était un tout petit village de la Moselle, à peu près inconnu hors des frontières de l'Allemagne. Il m'apprit ensuite que ce vin était des plus rares puisque, provenant d'un vignoble dont le rendement était très petit, il était pratiquement introuvable à l'étranger. L'été dernier, il était allé lui-même à Geierslay et il avait eu beaucoup de mal à obtenir quelques douzaines de bouteilles.

– Je suis très probablement le seul, dit-il, le seul en Angleterre à posséder quelques bouteilles de ce vin.

Et il jeta un nouveau coup d'œil vers Richard Pratt.

– Que dire d'un moselle, poursuivit Mike en élevant la voix, sinon que c'est un vin idéal, le vin d'entrée par excellence. Si la plupart des gens servent un vin du Rhin à la place, c'est qu'ils ne connaissent rien d'autre ! Et ils commettent une grave erreur, car un vin du Rhin tue littéralement un bordeaux, le saviez-vous ? Tandis qu'un moselle, c'est différent. Un moselle, c'est exactement ce qu'il nous faut !

Mike Schofield était un homme fort aimable, entre deux âges. Mais il était agent de change de son métier. Pour être plus précis, il était agioteur. Et comme beaucoup de gens de son espèce, il semblait souvent un peu embarrassé, presque honteux de gagner tant d'argent en exerçant un métier si peu estimable. Car il savait qu'il n'était au fond qu'un bookmaker, un solennel petit bookmaker infiniment respectable et discrètement dépourvu de scrupules. Et il savait que ses amis le savaient aussi. C'est pourquoi il s'efforçait de passer pour un homme cultivé, un lettré, un amateur d'art. Il faisait collection de tableaux, de livres, de disques. Son petit discours sur les vins prouvait à quel point il était assoiffé de culture.

– Charmant petit vin, n'est-ce pas ? dit-il, sans quitter des yeux le visage de Richard Pratt.

A chaque bouchée de poisson, il lui envoyait un regard attentif pour ne pas manquer l'instant où le gourmet, après avoir posé son verre, lui demanderait d'un air étonné, voire émerveillé, des détails sur Geierslay.

Mais Richard Pratt n'avait pas encore touché à son verre. Il était en pleine conversation avec Louise, la fille de Mike, dont les dix-huit ans semblaient retenir toute son attention. Tourné vers elle, il lui racontait, à en juger d'après les bribes qui me parvenaient, une passionnante histoire où il était question d'un chef cuisinier parisien. Il lui parlait de près, de plus en plus près, c'est tout juste s'il ne la bousculait pas. Et la pauvre jeune fille le fuyait comme elle pouvait, se contentant de hocher la tête, tantôt poliment, tantôt désespérément, les yeux fixés sur un bouton de jaquette de son interlocuteur.

Nous venions de finir le poisson et la servante apparut pour enlever les couverts. Arrivée près de Richard Pratt, elle vit que ce dernier n'avait pas touché à son poisson. Elle hésita et Pratt le remarqua. Il lui fit signe de se retirer, interrompit sa conversation et attaqua sa friture dorée et croustillante à petits coups de fourchette saccadés. Puis, la bouche encore pleine de ce qui restait du poisson, il prit son verre et le vida en deux gorgées. Après quoi, il se retourna vers Louise pour reprendre son récit.

Rien de tout cela n'avait échappé à Mike. Je pus le voir, tendu, les yeux toujours braqués sur son invité. Quelques remous musculaires de son rond et jovial visage trahissaient sa nervosité. Mais il demeura assis, se domina et ne dit rien.

Un peu plus tard, la bonne apporta le second plat. Un superbe rôti de bœuf. Elle le présenta à Mike qui se mit à le découper en fines tranches. Lorsque tout le monde fut servi, il posa son couteau, puis se pencha en avant, debout, les deux mains sur le rebord de la table.

– Maintenant, dit-il, s'adressant à nous tous, mais ne regardant que Richard Pratt, maintenant je dois aller chercher le bordeaux. Voulez-vous m'excuser un instant ?

– Le chercher, Mike ? demandai-je. Mais où donc est-il ?

– Dans mon cabinet de travail.

– Pourquoi le cabinet de travail ?

– Pour le chambrer, voyons. Il y est depuis vingt-quatre heures.

– Mais pourquoi le cabinet de travail ?

– Il a la meilleure température. Richard m'a aidé à le choisir, l'autre jour.

Pratt, qui venait d'entendre prononcer son nom, tourna la tête.

– C'est bien cela, n'est-ce pas ? dit Mike.

– Oui, répondit Pratt en hochant gravement la tête. C'est bien cela.

– Nous avons choisi le haut du placard vert, précisa Mike. Un coin qui est à l'abri de l'humidité, dans une pièce bien tempérée. Et maintenant, si vous voulez bien m'excuser, je vais chercher le vin.

À l'idée de s'amuser avec un autre vin, il avait

retrouvé sa bonne humeur. Il sortit en courant pour
reparaître au bout d'une minute, d'un pas plus mesuré.
Il tenait à bout de bras une corbeille dans laquelle
reposait une bouteille de couleur sombre. L'étiquette,
retournée vers le fond de la corbeille, était invisible.

– Eh bien, s'écria Mike en s'approchant de la table,
qu'en pensez-vous, Richard? Celui-ci, vous ne le
trouverez jamais!

Richard Pratt tourna lentement la tête vers Mike.
Puis son regard descendit pour se poser sur la bouteille blottie dans son petit panier d'osier. L'arc de ses
sourcils se fit hautain. Il avança une lippe impérieuse
et mouillée. Soudain, il me parut très laid.

– Vous ne trouverez jamais, dit Mike, jamais, vous
m'entendez?

– Un bordeaux? demanda Richard, condescendant.

– Évidemment.

– Alors, je suppose qu'il provient d'un petit vignoble.

– Si vous voulez, Richard. Peut-être. Nous verrons
bien.

– Mais c'est une bonne année? Une des grandes
années?

– Je vous le garantis.

– Alors, ce ne doit pas être trop difficile, dit Richard
Pratt d'une voix traînante, l'air extrêmement blasé.

Son comportement me parut étrange. Un pli mal-
veillant s'était formé entre ses deux yeux et chacun
de ses gestes laissait entrevoir une sorte d'applica-
tion, de mise en scène. J'éprouvai un vague malaise
en l'observant.

– Celui-ci sera justement assez difficile à trouver, dit Mike. Je ne vous forcerai pas d'entrer dans le jeu.

– Vraiment ? Et pourquoi pas ?

Il eut le même regard froid sous l'arc dédaigneux des sourcils.

– Parce que c'est difficile.

– Ce que vous dites là n'est pas très flatteur pour moi, savez-vous ?

– Mon cher ami, dit Mike, je parierai avec le plus grand plaisir si vous le désirez.

– Ce ne sera certainement pas si difficile.

– Dois-je comprendre que vous acceptez de parier ?

– Parfaitement, dit Richard Pratt.

– Très bien. L'enjeu sera, comme d'habitude, une caisse du même vin.

– Vous me croyez incapable de gagner ce pari, n'est-ce pas ?

– En effet, et malgré l'estime que j'ai pour vous, je vous crois incapable de trouver le nom de ce vin, dit Mike, s'efforçant de rester poli.

Mais Pratt ne chercha pas trop à cacher son mépris pour les procédés chers à Mike. Cependant, sa question suivante prouva qu'il portait un intérêt certain à ce jeu :

– Voulez-vous que nous augmentions l'enjeu ?

– Non, Richard. Une caisse suffira.

– Vous ne voudriez pas parier cinquante caisses ?

– Ce serait une folie !

Mike, debout derrière sa chaise, tenait toujours dans ses mains le ridicule panier d'osier qui contenait la bouteille. Ses narines avaient blanchi et sa bouche n'était plus qu'une barre étroite.

Pratt s'adossa avec nonchalance, levant sur Mike ses sourcils hautains, ses yeux mi-clos, son sourire fuyant. Et, de nouveau, je crus lire sur le visage de cet homme quelque chose de trouble, une ombre de méchanceté, et, au plus noir de ses yeux, je discernai une petite lueur diabolique.

– Ainsi, vous ne désirez pas augmenter l'enjeu ?

– En ce qui me concerne, mon vieux, je n'y vois pas d'inconvénient. Quel enjeu me proposez-vous ?

Jusque-là, nous avions écouté en silence, les trois femmes et moi. Mais l'épouse de Mike paraissait de plus en plus contrariée. Sa bouche était devenue amère et je sentis qu'elle allait intervenir d'un instant à l'autre. Dans nos assiettes, les tranches de rosbif fumaient avec lenteur.

– Vous accepterez n'importe quel enjeu ?

– C'est ce que je viens de vous faire comprendre. J'accepterai n'importe quel enjeu si cela peut vous faire plaisir.

– Même dix mille livres ?

– Certainement, si vous le désirez.

Mike parut plus confiant à présent. Je le savais en mesure de payer une somme aussi élevée.

– Ainsi vous m'autorisez à augmenter l'enjeu ?

– Je viens de vous le faire comprendre.

Il y eut un silence qui permit à Pratt de promener son regard tout autour de la table.

Il le posa d'abord sur moi, puis sur chacune des

trois femmes, comme pour nous demander notre accord.

– Mike, dit alors Mme Schofield, pourquoi continuer ce jeu insensé ? Mangeons plutôt notre rosbif. Il va être froid !

– Mais ce n'est pas un jeu insensé, dit calmement Pratt. Il s'agit d'un petit pari.

J'aperçus la bonne, au fond de la pièce. Elle portait un plat de légumes, l'air de se demander si elle devait avancer ou reculer.

– Bien, dit Pratt, je vais vous dire quel sera l'enjeu de notre pari.

– Je vous écoute, dit Mike, et soyez certain que je ne le refuserai pas.

Pratt hocha la tête, le petit sourire énigmatique de tout à l'heure apparut au coin de ses lèvres, puis, calmement, sans cesser de regarder Mike, il dit :

– Voici l'enjeu. Je vous demande de m'accorder la main de votre fille.

Louise Schofield sursauta.

– Non ! s'écria-t-elle. Ce n'est pas drôle ! Écoute, papa, ce n'est pas drôle du tout !

– Calme-toi, ma chérie, fit sa mère. Ce n'est qu'une plaisanterie !

– Je ne plaisante pas, dit Richard Pratt.

– C'est ridicule ! dit Mike, perdant de nouveau son sang-froid.

– Vous vous disiez prêt à accepter n'importe quel enjeu.

– J'entendais par là une somme d'argent.

– Vous ne l'avez pas précisé.

– Je n'ai pas pensé à autre chose.

– Dommage de ne l'avoir pas dit. Mais, de toute façon, si vous voulez revenir sur votre offre, je ne m'y opposerai pas.

– Il ne s'agit pas de revenir sur mon offre, mon vieux. Mais ce pari n'a pas de sens puisque, dans le cas où vous perdriez, vous n'auriez pas de fille à m'offrir en mariage. Et même si vous en aviez une, je ne voudrais pas l'épouser.

– Ce qui me fait plaisir, mon chéri ! dit l'épouse.

– Je vous offre tout ce que vous voudrez, déclara Pratt. Ma maison, par exemple. Que diriez-vous de ma maison ?

– Laquelle ? demanda Mike, plaisantant de nouveau.

– Ma maison de campagne.

– Et pourquoi pas l'autre ?

– Les deux si vous le désirez.

Après une seconde d'hésitation, Mike posa doucement le panier sur la table. Il déplaça la salière, le poivrier. Il examina, d'un air pensif, la lame de son couteau. Sa fille qui, pendant tout ce temps, ne l'avait pas quitté des yeux, s'écria :

– Assez, papa, ça suffit ! Ne sois pas absurde ! C'est vraiment trop stupide ! Je refuse d'être un enjeu !

– Tu as parfaitement raison, ma chérie, dit sa mère. Cessez ce jeu. Mike, asseyez-vous et mangez !

Mike ne l'écouta pas. Il regarda sa fille par-dessus la table, avec un sourire on ne peut plus paternel.

Mais dans ses yeux apparut soudain une petite lueur triomphale.

– Tu sais, fit-il sans cesser de sourire, tu sais, Louise, nous devrions réfléchir un peu !

– Ça suffit, papa ! Je ne marche pas ! Je n'ai jamais rien entendu d'aussi stupidement ridicule !

– Mais non, ma chérie, sérieusement, écoute-moi une seconde, je vais t'expliquer !

– Mais je ne veux pas t'écouter !

– Louise, je t'en prie ! Écoute-moi ! Richard vient de nous faire une offre sérieuse. C'est lui qui a voulu ce pari, pas moi. S'il perd, il doit me céder une partie considérable de sa fortune. Maintenant… attends une seconde, ma chérie, ne m'interromps pas ! L'important dans tout cela, c'est qu'il ne peut pas gagner !

– Il a l'air de penser le contraire.

– Écoute-moi bien, je sais de quoi je parle. Un expert qui goûte un vin, à condition qu'il ne s'agisse pas d'un très grand nom, un lafite ou un latour, par exemple, ne peut pas trouver à coup sûr de quel domaine il provient. Il peut naturellement deviner le district, il dira c'est un saint-émilion, un pomerol, un graves ou un médoc. Mais chacun de ces districts comporte plusieurs communes et chacune de ces communes a une quantité de petits vignobles. Il est impossible d'identifier le produit d'un de ces petits vignobles d'après son goût et son odeur. Eh bien, sache que le vin que voici provient d'un petit vignoble qui est entouré de beaucoup d'autres petits vignobles. Il ne trouvera jamais. C'est impossible.

– En es-tu bien sûr ?

– Puisque je te le dis. Tu sais bien que je m'y connais en vin. Et après tout, je suis ton père et tu ne peux pas me croire capable de t'imposer une chose que tu ne désires pas ? J'aimerais, au contraire, te faire gagner un peu d'argent !

– Mike, fit l'épouse d'une voix stridente, ça suffit, Mike, arrêtez maintenant !

Semblant l'ignorer, il poursuivit :

– Si nous gagnons ce pari, tu seras dans dix minutes la propriétaire de deux grandes maisons !

– Mais je ne veux pas être la propriétaire de deux grandes maisons, papa !

– Alors, tu les vends. Revends-les-lui sur-le-champ ! J'arrangerai tout ça pour toi. Et puis, réfléchis un peu, ma chérie, tu seras riche ! Tu seras indépendante pour le reste de ta vie !

– Papa, je n'aime pas cette histoire. Je trouve tout ça idiot.

– Je suis de l'avis de Louise, dit la mère.

En parlant, elle secouait rythmiquement la tête, comme une poule.

– Vous devriez avoir honte, Michael, de mêler votre propre fille à une histoire pareille !

Mike ne la regarda même pas.

– Accepte ! supplia-t-il. Accepte, Louise ! Je te garantis que tu ne le regretteras pas.

– Mais ça me déplaît, papa.

– Voyons, mon petit, accepte ! Puisque je te dis que tu ne risques rien !

Il était penché en avant, fixant la jeune fille de ses yeux clairs et durs. Elle eut beaucoup de mal à soutenir ce regard.

– Mais si je perds ?

– C'est impossible, je te le répète. Je te le garantis.

– Tu crois vraiment ?

– Allons, il s'agit de ton avenir. Que dis-tu, Louise ? Es-tu d'accord ?

Une dernière fois, elle hésita. Puis elle eut un petit haussement d'épaules résigné et dit :

– Eh bien, c'est entendu. S'il est vrai que je ne risque rien…

– Parfait ! s'écria Mike. Voilà qui est parfait ! Nous allons pouvoir parier.

– Oui, dit Richard Pratt en regardant la jeune fille. Nous allons pouvoir parier.

Mike sortit aussitôt la bouteille de son panier. Il remplit d'abord son propre verre, puis fit nerveusement le tour de la table pour remplir les autres. A présent, tous les regards étaient posés sur Richard Pratt qui, lentement, leva son verre pour l'approcher de son nez. L'homme était âgé d'une cinquantaine d'années et son visage n'avait rien de séduisant. Il était, en quelque sorte, mangé par une bouche, une bouche de gourmet professionnel aux lèvres épaisses et mouillées. Des lèvres perpétuellement entrouvertes de dégustateur, faites pour recevoir le rebord d'une coupe ou une cuillerée de bonne sauce. Une bouche en trou de serrure. « C'est bien cela, me disais-je. Un gros trou de serrure mouillé. »

Lentement, majestueusement, il leva sa coupe. La pointe du nez pénétra à l'intérieur du verre et évolua au-dessus du niveau du vin en reniflant délicatement. Il fit remuer un peu le liquide pour mieux faire entrer le bouquet dans ses narines. Sa concentration était intense. Il avait fermé les yeux et toute la partie supérieure de son corps semblait transformée en une énorme machine à humer, une machine qui captait, qui filtrait, qui analysait le message du nez reniflant.

Sur sa chaise, Mike avait l'air désinvolte comme si tout cela le concernait à peine. Mais, je le savais bien, aucun geste de Pratt ne lui échappait. Mme Schofield, l'épouse, assise à l'autre bout de la table, regardait droit devant elle, le visage figé et réprobateur. Louise, aussi attentive que son père, avait un peu éloigné sa chaise pour suivre le spectacle à distance.

Le processus nasal dura plus d'une minute. Puis, sans rouvrir les yeux et sans changer de posture, Pratt porta le verre à sa bouche pour y verser près de la moitié de son contenu. La bouche pleine de vin, il explora le premier goût, puis fit couler quelques gouttes dans son gosier.

Au moment où passait le liquide, je vis remuer sa pomme d'Adam. Mais il avait gardé une quantité importante de vin dans la bouche. Maintenant, au lieu d'avaler le reste, il aspira une fine bouffée d'air qui devait se mêler au fumet du vin avant de descendre dans ses poumons. Il retint sa respiration, puis fit sortir un peu d'air par le nez. Enfin il se mit à rouler le vin autour de sa langue, puis il le mastiqua, le mastiqua littéralement, de toutes ses dents, comme si c'était du pain.

Le numéro était solennel et impressionnant et, j'en conviens, Pratt l'exécuta avec un brio incomparable.

– Hum, fit-il en posant son verre tandis qu'une langue rose parcourait ses lèvres. Hum, oui. Un petit vin très intéressant. Tendre et gracieux, presque féminin dans son arrière-goût.

Il y avait trop de salive dans sa bouche. En parlant il envoya discrètement un clair crachat sur la nappe.

– Maintenant, dit-il, nous pouvons commencer à éliminer. Vous me pardonnerez certainement si je procède prudemment, par petites touches, vu le risque que je cours en me trompant. Normalement, j'avancerais peut-être sans plus attendre le nom d'un vignoble. Mais ce soir, je dois prendre des précautions, n'est-ce pas ?

Il tourna vers Mike un gros sourire lippu, un gros sourire mouillé. Mike, lui, ne sourit pas.

– Premièrement, de quel district de Bordeaux s'agit-il ? Cela n'est pas trop difficile à trouver. Ce vin est bien trop chauffant pour être un saint-émilion ou un graves. C'est un médoc, cela ne fait aucun doute. Maintenant, à quelle commune faut-il l'attribuer ? Cela non plus ne doit pas être trop difficile, en procédant par élimination. Un margaux ? Non. Ce n'est pas un margaux. Il n'en a pas la violence. Un pauillac ? Ce n'est pas non plus un pauillac. Il est trop tendre, trop docile, trop pensif pour un pauillac. Le caractère du pauillac est bien plus impérieux. Le pauillac, à mon avis, est un peu moelleux, le sol de ce district donne à sa vigne une petite saveur moelleuse, voire poussiéreuse. Non, non. C'est… c'est un vin très aimable, un peu réservé et timide dans son premier goût, soupçonneux par instants, mais très gracieux dans le second. Un peu fripé peut-être, un rien pervers, il faut le dire, il caresse la langue avec un soupçon, juste un soupçon de tanin. Dans son dernier goût, il est délicieusement réconfortant et féminin, joignant à toutes ces qualités cette riante générosité que l'on ne trouve que chez un vin de Saint-Julien. Sans erreur, c'est un saint-julien.

Il s'adossa, croisant les mains sur sa poitrine. Il devenait ridiculement pompeux, mais je me disais qu'il adoptait délibérément cette attitude pour se moquer de son hôte. Alors que j'attendais impatiemment la suite, Louise, la jeune fille, alluma une cigarette. Pratt, qui entendit craquer l'allumette, se mit soudain en colère, une colère qui n'était pas feinte.

– Je vous en prie, dit-il, je vous en prie, éteignez cette cigarette ! C'est une habitude dégoûtante que de fumer à table !

Elle leva sur lui ses grands yeux tranquilles, les garda posés sur lui un instant. Puis elle souffla l'allumette, mais elle continua de tenir entre ses doigts la cigarette non allumée.

– Je regrette, ma chère, dit Pratt, mais je ne tolère pas qu'on fume à table.

Elle ne le regarda plus.

– Maintenant, voyons un peu, où en sommes-nous ? dit-il. Ah ! oui. C'est un vin de Bordeaux, un médoc, de la commune de Saint-Julien. Tout ceci est bien simple. Mais maintenant nous arrivons au point le plus délicat : le nom même du vignoble. Car il y a beaucoup de vignobles à Saint-Julien et, comme notre hôte l'a remarqué si justement, il y a souvent peu de différence entre le produit d'un vignoble et celui d'un autre. C'est ce que nous allons voir.

Il se tut de nouveau et ferma les yeux.

– J'essaie de trouver la « grandeur » du cru. Si j'y arrive, c'est à moitié gagné. Maintenant, voyons un peu. Ce vin n'est manifestement pas de première grandeur, ni même de seconde grandeur. La qualité, la… la… comment dirais-je, la radiation, la puissance n'y est pas. C'est probablement un cru de troisième grandeur. Mais il est permis d'en douter. Car il s'agit d'une bonne année, notre hôte nous l'a affirmé, et cela doit favoriser ce cru. Il faut que je sois prudent. Il faut que je sois très prudent maintenant.

Il releva son verre et but une autre petite gorgée.

– Oui, dit-il en suçant ses lèvres. J'avais raison. C'est un cru de quatrième grandeur, d'une très bonne année, d'une grande année, en effet. Et c'est cela même qui lui donne pendant un instant un goût de troisième, voire de deuxième grandeur. Bien. Nous y voilà. Quels sont les vignobles de quatrième grandeur de la commune de Saint-Julien ?

Il s'interrompit une nouvelle fois pour porter son verre à la masse pendante de ses lèvres. Puis je vis apparaître sa langue qui, rose et pointue, plongea dans le vin pour se retirer aussitôt. Spectacle plutôt répugnant. Lorsqu'il reposa le verre, il garda les yeux clos, le visage concentré. Les lèvres seules remuaient, se frottant l'une contre l'autre comme deux éponges humides.

– Le revoilà, s'écria-t-il soudain, le tanin dans le deuxième goût ! Et cette pression astringente sur la langue. Oui, oui, c'est certain ! A présent, j'y suis ! Ce vin provient d'un des petits vignobles des environs de Beychevelle. Je m'en souviens maintenant. Le village de Beychevelle, le fleuve et le petit port dont l'eau est si limoneuse que les cargaisons de vin n'y entrent plus. Beychevelle... ce vin est-il de Beychevelle même ? Non, je ne le crois pas. Pas tout à fait. Mais je ne suis pas loin. Un château-talbot ? C'est possible. Voyons un peu...

Il but une nouvelle gorgée. Du coin de l'œil, je vis Mike penché en avant, la bouche entrouverte, ses petits yeux clairs fixés sur Richard Pratt.

– Non. Je me suis trompé. Ce n'est pas un talbot. Un talbot est plus direct, plus rapide, plus fruité. Si c'est un 34, et je crois que c'en est un, ce ne peut être un talbot. Bon. Cherchons un peu. Ce n'est ni un beychevelle ni un talbot. Et pourtant... c'est si proche, si proche, cela doit se trouver entre les deux. Laissez-moi chercher...

Il hésita et nous attendîmes. A présent, tout le monde avait les yeux fixés sur lui, même la femme de Mike. J'entendis la bonne poser son plat de légumes sur le buffet qui se trouvait derrière moi, doucement, pour ne pas troubler le silence.

– Ah ! s'écria Pratt, ça y est ! Je crois que j'ai trouvé !

Il but une dernière gorgée.

Puis, sans éloigner le verre de sa bouche, il se tourna vers Mike et déclara avec un long sourire mielleux :

– C'est un petit château-branaire-ducru.

Mike demeura figé sur sa chaise.

– Et pour l'année, c'est 1934.

Nous regardâmes tous Mike, en attendant qu'il retourne la bouteille.

– Est-ce là votre dernière réponse ? demanda Mike.

– Oui, je crois.

– Oui ou non ?

– Oui.

– Voulez-vous me répéter le nom ?

– Château-branaire-ducru. Joli petit vignoble. Ravissant vieux château. Connais très bien. Me demande pourquoi je n'ai pas trouvé plus vite.

– Eh bien, papa, dit la jeune fille. Qu'est-ce que tu attends pour retourner la bouteille ? Je veux mes deux maisons !

– Une minute, dit Mike, attendez une minute.

Il demeura assis, très calme, l'œil égaré, le visage exsangue et bouffi.

– Michael ! cria sa femme de l'autre bout de la table, qu'avez-vous ?

– Ne vous occupez pas de cela, Margaret, voulez-vous…

Richard Pratt regardait toujours Mike en souriant. Mike, lui, ne regarda personne.

– Papa ! s'écria la jeune fille, épouvantée, papa, tu ne veux pas dire qu'il a trouvé ?

– Ne te tourmente pas, ma chérie, dit Mike. Ce n'est pas la peine.

Je crois que c'était pour ne plus faire face à sa famille que Mike proposa à Richard Pratt :

– Ne croyez-vous pas, Richard, que nous ferions mieux de nous retirer tous les deux dans la pièce voisine pour discuter un peu ?

– Je ne veux pas discuter, dit Pratt. Tout ce que je demande, c'est voir l'étiquette de la bouteille.

Il savait à présent qu'il avait gagné. Il avait l'allure, l'arrogance d'un vainqueur et, visiblement, il s'apprêtait à devenir absolument odieux dans le cas où les choses ne s'arrangeraient pas à son gré.

– Qu'attendez-vous pour retourner la bouteille ? dit-il à Mike.

C'est alors qu'intervint la bonne. Droite et menue dans son uniforme noir et blanc, elle surgit à côté de Richard Pratt, tenant un petit objet dans la main.

– Je crois que c'est à vous, monsieur, dit-elle.

Pratt jeta un regard furtif sur la paire de lunettes d'écaille qu'elle lui tendait. Il hésita :

– A moi ? Peut-être. Je n'en sais rien.

– Si, monsieur, elles sont bien à vous !

C'était une petite femme qui pouvait avoir entre soixante et soixante-dix ans. Plus près de soixante-dix. Elle se trouvait au service de la famille depuis de longues années. Elle posa les lunettes sur la table, devant Pratt, à côté de son couvert.

Sans la remercier, Pratt les glissa dans la poche de sa jaquette, derrière le mouchoir.

Mais la bonne ne bougea pas. Elle demeura debout, un peu en retrait. Il y avait quelque chose de bizarre dans son comportement. Je ressentis une sorte d'appréhension à la vue de cette petite personne sèche et figée, au regard aigu, aux lèvres pincées, au menton réprobateur. Avec son visage grisâtre, sa coiffe amidonnée, les mains jointes sur son tablier, elle ressemblait à un petit oiseau au ventre blanc.

– Vous les aviez oubliées dans le cabinet de travail de M. Schofield, dit-elle.

Sa voix était d'une politesse exagérée et glaciale.

– En haut du placard vert, quand vous y êtes entré, avant le dîner.

Il me fallut quelques instants pour saisir le sens de ces mots. Et, dans le silence qui les suivit, je vis Mike se lever lentement, je vis son visage se colorer, ses yeux s'exorbiter. Une petite blancheur menaçante apparut autour de ses narines.

– Du calme, Michael ! dit l'épouse. Du calme, mon cher, du calme !

*Traduit de l'anglais par Élisabeth Gaspar et Hilda Barberis.*

# MADAME BIXBY
# ET LE MANTEAU DU COLONEL

L'Amérique est le paradis des femmes. Déjà elles règnent sur quatre-vingt-cinq pour cent des biens de la nation. En attendant les quinze pour cent qui restent. Le divorce est devenu un passe-temps lucratif, simple à exercer et facile à oublier. Les femelles, selon le degré de leur ambition, peuvent le répéter aussi souvent qu'elles le désirent et entrer ainsi en possession de sommes astronomiques. Une autre bonne affaire, c'est la mort du mari. Certaines dames préfèrent cette méthode-là. Elles savent que la période d'attente ne se prolongera pas trop. Le surmenage et l'hypertension s'associent généralement pour retirer le pauvre diable de la circulation avant terme. Il expirera, à son bureau, un flacon de benzédrine dans une main, une boîte de tranquillisants dans l'autre.

Ces terrifiantes perspectives sont loin de décourager les jeunes générations. Plus le taux de divorce augmente, plus les jeunes gens s'y exposent. Ils se marient comme des rats, avant même d'être pubères. Et pour la plupart, à trente-cinq ans, ils ont déjà deux ex-femmes à leur compte. Pour entretenir convenablement ces dames, les ex-époux travaillent comme des forçats, ce qui est bien naturel car, réflexion faite, que sont-ils d'autre ? Mais, à l'approche d'un âge mûr précoce, ils voient la désillusion et l'angoisse s'installer dans leur cœur. Alors, quand la nuit tombe, ils se réfugient, par petits groupes, dans les clubs et dans les bars. Là, ils sirotent leur whisky, ils avalent leurs pilules tout en se racontant des histoires aussi réconfortantes que possible.

Le thème fondamental de ces histoires est toujours le même. Les personnages aussi sont les mêmes, il y en a trois – le mari, la femme, et le « sale type ». Le mari est obligatoirement un honnête homme qui travaille dur et dont l'existence est sans mystère. La femme, elle, est perfide, menteuse et lascive, elle passe invariablement son temps à brouiller les cartes en compagnie du sale type. Et le mari est trop bon pour même aller jusqu'à la soupçonner. Découvrira-t-il jamais la chose ? Sera-t-il cocu à perpétuité ? Oui, on le dirait. Mais attention ! Tout à coup, par une brillante et astucieuse manœuvre, le mari bouleverse les projets de sa monstrueuse épouse. Celle-ci est désarmée, humiliée, vaincue. Alors, autour du bar, l'assistance mâle, vengée, sourit dans sa barbe…

Beaucoup d'histoires de ce genre circulent ainsi, merveilleux récits sortis directement de l'imagination de quelque mâle infortuné. Pour la plupart, ces histoires sont trop niaises pour être répétées, ou bien trop scabreuses pour être imprimées. L'une d'elles pourtant semble valoir mieux que les autres, d'autant qu'elle a le mérite d'être vraie. Elle jouit d'une grande popularité auprès des hommes avides de réconfort et si vous en êtes, et si vous ne la connaissez pas encore, vous l'apprécierez peut-être. Cette histoire s'appelle « Madame Bixby et le manteau du Colonel », et elle relate à peu près ceci :

Le docteur et Mme Bixby vivaient dans un tout petit appartement, quelque part à New York. Le docteur Bixby était un dentiste aux revenus modestes. Mme Bixby était une forte femme aux lèvres humides. Une fois par mois, toujours un vendredi après-midi, Mme Bixby prenait le train à la gare de Pennsylvanie, pour Baltimore. Elle allait voir sa vieille tante. Elle y passait la nuit et rentrait à New York le lendemain, avant l'heure du dîner. Le docteur Bixby ne s'opposait nullement à cette habitude. Il savait que tante Maud vivait à Baltimore et que sa femme était très attachée à la vieille dame. Il eût été absurde de les priver toutes les deux du plaisir de cette rencontre mensuelle.

– A condition que vous ne me demandiez jamais de vous accompagner, avait dit au commencement le docteur Bixby.

– Bien sûr que non, mon chéri, avait répondu Mme Bixby. Après tout, ce n'est pas votre tante. C'est la mienne.

Donc, tout était pour le mieux.

Comme nous allons le voir, pourtant, la vieille tante

était un peu plus qu'un alibi commode pour Mme Bixby. Le « sale type », sous la forme d'un monsieur connu sous le nom du Colonel, se dissimulait sournoisement derrière toute cette mise en scène. Et notre héroïne passait à Baltimore le plus clair de son temps en compagnie de cet individu. Le Colonel était fabuleusement riche. Il vivait dans une ravissante maison, aux environs de la ville. Ni femme ni enfants, rien que quelques discrets et loyaux serviteurs. Et lorsque Mme Bixby était absente, il se consolait en montant à cheval et en chassant le renard.

Voilà des années que durait cette euphorique liaison entre Mme Bixby et le Colonel. Ils se voyaient si rarement – douze fois par an, c'est bien peu si on y réfléchit – qu'ils ne risquaient pratiquement pas de s'ennuyer ensemble ou de se disputer. Au contraire, la longue attente entre leurs rencontres ne faisait qu'accroître leur tendresse.

–Taïaut ! criait le Colonel chaque fois qu'il venait la chercher à la gare dans sa belle voiture. Ma chère, j'avais presque oublié combien vous étiez belle.

Huit années passèrent ainsi.

C'était avant Noël. Mme Bixby attendait à la gare de Baltimore le train qui allait la ramener à New York. La visite qui venait de s'achever avait été tout particulièrement agréable et elle était d'humeur joyeuse. Mais c'était toujours pareil. La compagnie du Colonel lui inspirait toujours ces sentiments-là. Cet homme avait le don de lui faire croire qu'elle était la plus remarquable des femmes, qu'elle possédait un charme subtil et exotique et qu'elle était la fascination même. Et comme il était différent de son dentiste de mari pour qui elle avait l'impression de n'être que l'éternelle cliente installée dans la salle d'attente, silencieuse devant les piles de magazines, rarement sinon jamais admise à l'intérieur pour se soumettre aux petits gestes précis de ses petites mains propres et roses.

– Le Colonel me charge de vous remettre ceci, fit une voix derrière elle.

Elle se retourna et aperçut Wilkins, le groom du Colonel, un nain ratatiné à la peau grise. Il poussa dans ses bras un grand carton plat.

– Mon Dieu ! s'écria-t-elle, tout émue. Quelle énorme boîte ! Qu'est-ce que c'est, Wilkins ? Y a-t-il un message ?

– Pas de message, dit le groom.

Puis il partit.

Dès qu'elle fut dans le train, Mme Bixby porta la boîte là où il y avait écrit « Dames ». Elle ferma la porte et tira le verrou. Comme c'était passionnant ! Un cadeau de Noël du Colonel ! Elle se mit à défaire la ficelle.

– Je parie que c'est une robe, se dit-elle tout haut. Peut-être même deux robes. Ou bien toute une parure de fine lingerie. Je ne regarderai pas. J'y toucherai un peu pour deviner ce que c'est. J'essayerai aussi de deviner la couleur. Et puis le prix.

Elle ferma les yeux et souleva lentement le couvercle. Puis elle plongea une main dans la boîte. Il y avait du papier de soie qui bruissait sous ses doigts. Il y avait aussi une enveloppe, ou peut-être une carte. Elle passa outre pour fouiller sous le papier. Ses doigts s'y enfoncèrent comme des vrilles.

– Mon Dieu, s'écria-t-elle soudain, ce n'est pas possible !

Elle ouvrit de grands yeux sur le manteau. Puis elle se jeta dessus et le tira de la boîte. De grosses vagues de fourrure se frottaient contre le papier de soie et lorsqu'elle le souleva pour le voir dans toute sa longueur, il était si beau qu'elle en eut le souffle coupé.

Elle n'avait jamais vu un vison aussi superbe. Car c'était bien du vison, il n'y avait pas d'erreur. La fourrure était presque noire. Elle crut d'abord qu'elle l'était vraiment, mais plus près de la lumière, elle avait des reflets bleus, d'un bleu riche et profond comme du cobalt. Elle regarda vite l'étiquette qui disait en toute simplicité : « Vison sauvage du Labrador ». Mais rien n'indiquait l'endroit où le manteau avait été acheté. Rien. C'était certainement l'œuvre du Colonel. Ce vieux renard n'avait pas voulu laisser de trace. C'était bien son droit. Mais combien avait-il bien pu le payer ? Elle osait à peine y penser. Quatre, cinq, six mille dollars ? Peut-être plus ?

Elle ne parvenait pas à le quitter des yeux. Et, pour les mêmes raisons, elle ne put résister à l'envie de l'essayer. Elle fit tomber rapidement son vieux manteau rouge. Elle était tout essoufflée et ses yeux étaient tout ronds. Pouvoir toucher cette fourrure, mon Dieu ! Ces belles manches aux épais revers ! Qui donc lui avait expliqué une fois que les peaux de femelles servaient toujours à faire les manches et des peaux de mâles pour le reste du manteau ? Quelqu'un, Joan Rutfield sans doute. Mais comment Joan pouvait-elle savoir ce que c'était qu'un vison… ?

Le grand manteau noir l'enveloppait comme une seconde peau. Oh, quelle étrange sensation ! Elle se regarda dans le miroir. Toute sa personnalité avait miraculeusement changé. Elle était éblouissante, rayonnante, riche, fière, voluptueuse, tout cela en même temps ! Et cette impression de puissance qu'il lui donnait ! Dans ce manteau, elle pourrait aller où elle voudrait et tout le monde lui ferait des courbettes. C'était trop beau, vraiment !

Mme Bixby prit l'enveloppe qui était encore dans la boîte. Elle l'ouvrit et sortit la lettre du Colonel.

*Vous m'avez dit un jour que vous aimiez le vison, alors je vous en offre un. On me dit qu'il est beau. Je vous demande de l'accepter avec mes vœux les plus sincères, comme cadeau d'adieu. Car, pour des raisons qui me sont personnelles, je ne pourrai plus vous revoir. Adieu donc, et bonne chance.*

Eh bien !
Voilà du propre !
Juste au moment où elle se sentait si heureuse.
Plus de Colonel.
Quel choc affreux.
Il allait lui manquer énormément.

D'un geste lent, Mme Bixby caressa la douce fourrure noire. C'était toujours cela de gagné.

Elle sourit et plia la lettre dans l'intention de la déchirer et de la jeter par la fenêtre.

Mais, en la pliant, elle vit quelques mots écrits au revers :

*P.S. Dites que votre gentille et généreuse tante vous l'a offert pour Noël.*

La bouche de Mme Bixby, toute souriante encore voilà une seconde, se pinça soudain.

– Il est fou ! s'écria-t-elle. Tante Maud n'a pas de fortune. Elle ne pourrait jamais m'offrir une chose pareille !

Mais qui alors ?

Oh, grand Dieu ! Dans son émotion, elle avait complètement oublié de résoudre ce problème.

Dans deux heures, elle serait à New York. Dix minutes plus tard elle serait chez elle, face à son mari. Et même un homme comme Cyril, tout enfermé qu'il était dans son petit monde maussade et visqueux de racines, de caries et d'abcès, poserait quelques questions en voyant sa femme, retour d'un week-end, faire une entrée triomphale vêtue d'un manteau de vison de six mille dollars.

« On dirait, pensa-t-elle, on dirait que ce maudit Colonel l'a fait exprès, rien que pour me torturer. Il sait parfaitement que tante Maud est pauvre. Il sait que je ne pourrai pas le garder. »

Mais Mme Bixby ne pouvait supporter l'idée de s'en séparer.

– J'ai DROIT à ce manteau ! dit-elle tout haut. J'ai droit à ce manteau ! Bien, ma chère. Tu auras ce manteau. Mais ne perds pas la tête. Reste tranquille et réfléchis. Tu es une fille débrouillarde, pas vrai ? Ce n'est pas la première fois que tu te paies sa tête. Il n'a jamais été capable de voir plus loin que le bout de son stylet, tu le sais bien. Alors, du calme. Rien n'est perdu encore.

Deux heures plus tard, Mme Bixby descendit du train à la gare de Pennsylvanie et se hâta vers la sortie. Elle avait remis son vieux manteau rouge et elle portait le carton sous le bras. Elle appela un taxi.

– Chauffeur, dit-elle, vous connaissez peut-être un prêteur sur gages encore ouvert dans les environs ?

– Il y en a plein le long de la 6e Avenue, répondit-il.

– Alors, arrêtez-vous au premier que vous voyez, s'il vous plaît.

Elle monta dans le taxi, qui démarra.

Peu après, il s'arrêta devant une boutique où étaient suspendues trois boules de cuivre.

– Voulez-vous m'attendre ? dit Mme Bixby au chauffeur.

Elle quitta le taxi pour entrer dans la boutique.

Un énorme chat était accroupi sur le comptoir. Il mangeait des têtes de poissons dans une soucoupe. L'animal leva sur Mme Bixby ses yeux d'un jaune étincelant, puis il les baissa et se remit à manger. Mme Bixby se tenait près du comptoir, aussi loin que possible du chat. En attendant que quelqu'un arrive, elle regardait les montres, les boucles de chaussures, les broches d'émail, les vieilles lunettes, les jumelles cassées, les dentiers. « Pourquoi prêtent-ils toujours sur des dents ? » se demanda-t-elle.

– Oui ? fit le propriétaire en émergeant d'un coin sombre, au fond du magasin.

– Oh, bonsoir, dit Mme Bixby.

Elle se mit à dénouer la ficelle du paquet. L'homme s'approcha du chat et lui caressa le dos. Le chat continuait à manger.

– C'est idiot, dit Mme Bixby. J'ai perdu mon porte-monnaie, et comme nous sommes samedi, les banques sont fermées et il me faudrait de l'argent pour le week-end. C'est un manteau de grande valeur, mais je n'en demande pas beaucoup. J'aimerais simplement de l'argent pour deux jours, jusqu'à lundi. Alors je viendrai le dégager.

L'homme attendit sans rien dire. Mais lorsqu'elle eut sorti le manteau et permis à la belle fourrure de se déployer sur le comptoir, ses sourcils se soulevèrent, il quitta le chat et s'approcha pour voir.

– Si seulement j'avais une montre sur moi. Ou une bague. Je vous l'aurais donnée. Mais il se trouve que je n'ai sur moi que ce manteau.

Elle étendit ses doigts pour qu'il puisse les voir.

– Il a l'air neuf, remarqua l'homme en caressant la douce fourrure.

– Oh oui, il est neuf. Mais, comme je vous l'ai dit, je veux tout juste emprunter assez pour me tirer d'affaire jusqu'à lundi. Que diriez-vous de cinquante dollars ?

– D'accord pour cinquante dollars.

– Il vaut cent fois plus, mais je sais que vous en prendrez soin jusqu'à lundi.

L'homme prit dans un tiroir un ticket qui ressemblait à ceux qu'on attache à la poignée d'une valise. La même taille, le même papier raide et brunâtre. Mais il était perforé au milieu de manière à pouvoir être partagé en deux, et les deux moitiés étaient identiques.

– Quel nom ? demanda-t-il.

– Laissez tomber.

Elle vit l'homme hésiter et le bec de la plume osciller au-dessus de la ligne de pointillé.

– Vous n'êtes pas obligé de mettre le nom et l'adresse, n'est-ce pas ?

L'homme haussa les épaules. Puis il secoua la tête et la plume descendit jusqu'à la ligne suivante.

– C'est que je préfère que vous ne le mettiez pas, dit Mme Bixby. Pour des raisons strictement personnelles.

– Alors il vaut mieux que vous ne perdiez pas ce ticket.

– Je ne le perdrai pas.

– Parce que, si quelqu'un le trouvait, il pourrait venir réclamer l'article.

– Oui, je le sais.

– Rien que sur le numéro.

– Oui, je sais.

– Que voulez-vous que je mette comme description ?

– Pas de description non plus. Ce n'est pas nécessaire. Mettez juste la somme que vous me prêtez.

De nouveau, la plume hésita sur la ligne qui suivait le mot « article ».

– Il vaudrait mieux mettre une description. Ça peut vous aider si des fois vous voulez vendre le ticket. On ne sait jamais.

– Je ne veux pas le vendre.

– Vous pourriez être obligée. Ça arrive souvent.

– Écoutez, dit Mme Bixby. Je ne suis pas fauchée, si c'est ce que vous voulez dire. J'ai simplement perdu mon porte-monnaie. Vous comprenez ?

– Bon, faites comme vous voudrez, dit l'homme. C'est votre manteau, après tout.

A ce moment, une idée déplaisante vint à Mme Bixby.

– Dites-moi, fit-elle, si je n'ai pas de description sur mon ticket, comment puis-je être sûre que vous me rendrez ce manteau et pas autre chose quand je reviendrai ?

– On l'inscrit dans le livre.

– Mais je n'ai que ce numéro. Vous pourriez me rendre n'importe quelle vieille loque !

– Voulez-vous une description, oui ou non ? demanda l'homme.

– Non, dit-elle. Je vous fais confiance.

L'homme inscrivit « cinquante dollars » après le mot « valeur », sur les deux parties du ticket, puis il les sépara en suivant le pointillé et posa la moitié sur le comptoir. Il sortit son portefeuille et en retira cinq billets de dix dollars.

– L'intérêt est de trois pour cent par mois, dit-il.

– Très bien. Et merci. Vous en prendrez bien soin, n'est-ce pas ?

L'homme acquiesça en silence.

– Voulez-vous que je le remette dans le carton ?

– Non, dit l'homme.

Mme Bixby sortit dans la rue, le taxi l'attendait. Dix minutes plus tard, elle était chez elle.

– Chéri, fit-elle en se penchant pour embrasser son mari. Je t'ai manqué ?

Cyril Bixby laissa tomber le journal et regarda sa montre-bracelet.

– Il est six heures vingt-six, dit-il. Tu es en retard.

– Je sais. Ces trains sont terribles. Tante Maud t'envoie ses amitiés, comme toujours. Je meurs de soif, et toi ?

Le mari plia le journal en rectangle précis et le posa sur le bras du fauteuil. Puis il se leva pour se diriger vers le buffet. Sa femme se tenait toujours au milieu de la pièce. Occupée à ôter ses gants, elle le surveillait du coin de l'œil en se demandant combien de temps il mettrait. Il lui tournait maintenant le dos, penché pour doser le gin, scrutant le doseur comme si c'était la bouche d'un patient.

Comme il paraissait petit après le Colonel ! Le Colonel était gigantesque et velu et une vague odeur de raifort émanait de sa personne. Tandis que celui-ci était petit, glabre et maigrelet et il ne sentait rien, tout au plus les pastilles à la menthe qu'il suçait à longueur de journée pour avoir l'haleine fraîche.

– Regarde ce que j'ai acheté pour doser le vermouth,

dit-il en désignant un verre gradué. Je peux doser à un milligramme près avec ça.

– Quelle bonne idée, chéri.

« Il faut absolument que je le pousse à changer la façon dont il s'habille, se dit-elle. Ses vêtements sont plus que ridicules. »

Il y avait eu un temps où elle les trouvait merveilleux, où elle admirait ses vestons édouardiens qui avaient six boutons et des revers montants, mais à présent ils lui paraissaient absurdes. Ainsi que ses pantalons en tuyaux de pipe. Il eût fallu, pour pouvoir porter des vêtements de ce genre, une tout autre tête que celle de Cyril. Son visage à lui était long et osseux, avec un nez mince et une mâchoire proéminente, et, en voyant sortir tout cet attirail de ces vêtements étroits et démodés, on pensait à une caricature de Sam Weller. Lui se prenait sans doute pour le beau Brummell. A son cabinet, il accueillait ses clientes la blouse blanche non boutonnée pour qu'elles puissent admirer sa mascarade. C'était probablement pour donner l'impression qu'il était quelqu'un. Mais Mme Bixby, elle, savait que tout ce plumage n'était que de la poudre aux yeux. Il lui rappelait un vieux paon qui fait la roue au milieu d'une pelouse alors qu'il a perdu la moitié de ses plumes.

– Merci, chéri, dit-elle.

Elle prit le Martini et s'assit sur le sofa, son sac sur les genoux.

– Qu'as-tu fait hier soir ?

– Je suis resté à mon cabinet et j'ai fait quelques moulages. Puis j'ai fait des comptes.

– Sérieusement, Cyril, écoute. Je crois qu'il est grand temps de laisser à d'autres ce travail idiot. Par ta situation, tu es bien supérieur à ce genre de choses. Pourquoi ne donnes-tu pas les moulages à ton mécanicien ?

– J'aime mieux les faire moi-même. Je suis très fier de mes moulages.

– Je le sais, chéri, et je les trouve merveilleux. Ce sont les plus beaux moulages du monde. Mais je ne veux pas que tu travailles trop. Et pourquoi cette demoiselle Pulteney ne fait-elle pas les comptes ? C'est son travail, non ?

– Mais elle les fait. Mais il faut d'abord que j'établisse les prix. Elle ne connaît pas les conditions matérielles de mes malades.

– Ce Martini est excellent, dit Mme Bixby en posant son verre sur la table. Vraiment.

Elle ouvrit son sac et en tira un mouchoir, comme pour se moucher.

– Oh, regarde ! s'écria-t-elle en voyant le ticket. J'allais oublier de te montrer ce que j'ai trouvé dans le taxi. Il y a un numéro, ce pourrait être une sorte de billet de loterie ou quelque chose de ce genre. Alors je l'ai gardé.

Elle tendit à son mari le petit bout de carton brun. Il le prit entre ses doigts et l'examina minutieusement sous tous les angles, comme une dent suspecte.

– Tu sais ce que c'est ? fit-il.

– Non, mon cher. Qu'est-ce que c'est ?

– Un ticket de prêt sur gages.

– Un quoi ?

– Un ticket de prêteur. Voici le nom et l'adresse de la boutique. C'est sur la 6e Avenue.

– Dommage, je suis déçue. J'espérais que c'était un ticket pour la Loterie irlandaise.

– Tu n'as aucune raison d'être déçue, dit Cyril Bixby. Au contraire, cela promet d'être plutôt amusant.

– Amusant, pourquoi, chéri ?

Et il se mit à lui expliquer exactement comment fonctionnait un ticket de prêt en insistant tout particulièrement sur le fait que quiconque se trouvait en possession d'un ticket était habilité à réclamer l'objet déposé.

Elle l'écouta patiemment, jusqu'au bout.

– Et tu crois que cela vaut la peine de le réclamer ? demanda-t-elle.

– Cela vaut toujours la peine de savoir ce que c'est. Tu vois ce qu'il y a marqué dessus ? Cinquante dollars ! Tu sais ce que cela veut dire ?

– Non, mon cher, qu'est-ce que cela veut dire ?

– Cela veut dire que l'objet en question a de fortes chances d'être quelque chose de grande valeur.

– Tu veux dire qu'il vaudra cinquante dollars ?

– Peut-être plus de cinq cents.

– Cinq cents ?

– Tu ne comprends donc pas ? Un prêteur sur gages ne donne jamais plus de dix pour cent de la valeur réelle.

– Ma foi, je l'ignorais.

– Il y a beaucoup de choses que tu ignores, ma

chère. Maintenant, écoute. Puisqu'il n'y a ni nom ni adresse du titulaire…

– Mais il faut sûrement prouver d'une façon ou d'une autre que la chose m'appartient ?

– Rien du tout. Les gens font cela souvent. Ils ne veulent pas qu'on sache qu'ils sont allés chez un prêteur sur gages. Ils en ont honte.

– Alors tu crois que nous pouvons le garder ?

– Naturellement. Il est à nous maintenant.

– Tu veux dire à moi, dit fermement Mme Bixby. C'est moi qui l'ai trouvé.

– Ma chère enfant, quelle importance ? L'important c'est de pouvoir aller le chercher, pour cinquante dollars seulement. Qu'en penses-tu ?

– Comme c'est drôle ! s'écria-t-elle. Et comme c'est passionnant de ne même pas savoir ce que c'est ! Cela pourrait être n'importe quoi, n'est-ce pas, Cyril ? N'importe quoi !

– Mais oui, bien sûr. Mais selon toute vraisemblance, ce sera une bague ou une montre.

– Alors, si c'était un véritable trésor ! Ce serait merveilleux ! Je veux dire quelque chose de vraiment ancien, un vase antique par exemple, ou une statue romaine.

– Je n'ai aucune idée de ce que ce sera. Nous verrons bien.

– Je trouve ça absolument fascinant ! Donne-moi le ticket et j'irai le chercher lundi matin !

– Je crois qu'il vaut mieux que j'y aille, moi.

– Oh, non ! s'écria-t-elle. C'est moi !

– Eh bien, non. J'irai le chercher en allant à mon cabinet.

– Mais c'est mon ticket ! Laisse-moi faire, Cyril ! J'aimerais tant m'amuser !

– Tu ne connais pas ces prêteurs sur gages, ma chère. Tu serais capable de te laisser rouler.

– Mais non, sûrement pas ! Donne-le, s'il te plaît.

– Il faudrait aussi que tu aies les cinquante dollars, dit-il en souriant. Sans cela, on ne te remet pas l'objet.

– Je les ai, dit-elle. Enfin, je crois…

– Je préférerais que tu ne t'occupes pas de cela, si ça ne t'ennuie pas.

– Mais, Cyril, c'est moi qui l'ai trouvé ! C'est à moi d'y aller, voilà qui est juste !

– Naturellement que le ticket est à toi. Ce n'est vraiment pas la peine de faire tant d'histoires…

– Je ne fais pas d'histoires. Je suis un peu émue, voilà tout.

– Et tu n'as certainement pas pensé que cela pourrait être quelque chose de typiquement masculin – une montre de poche par exemple, ou une paire de boutons de manchettes. Il n'y a pas que les femmes pour aller chez les prêteurs sur gages, tu sais ?

– Dans ce cas, je t'en ferai cadeau pour Noël, dit Mme Bixby avec magnanimité. J'en serais enchantée. Mais si c'est un objet pour femme, je le veux pour moi. D'accord ?

– Cela me paraît très juste. Pourquoi ne viendrais-tu pas avec moi quand j'irai le chercher ?

Mme Bixby fut sur le point de dire oui, mais se retint

juste à temps. Elle ne désirait nullement être accueillie comme une habituée par le prêteur en présence de son mari.

– Non, dit-elle. Je ne crois pas. Tu sais, ce sera encore plus passionnant si je reste à la maison à t'attendre. Oh, j'espère que ce ne sera pas un truc sans intérêt.

– Tu soulèves là une question importante, dit-il. Si l'objet ne vaut pas les cinquante dollars, je ne le prendrai même pas.

– Mais tu disais qu'il en vaudrait cinq cents.

– C'est certain, ne t'en fais pas.

– Oh, Cyril, je suis si impatiente ! C'est passionnant, n'est-ce pas ?

– C'est amusant, fit-il en glissant le ticket dans la poche de son gilet. Il n'y a pas de doute.

Le lundi matin, après le petit déjeuner, Mme Bixby accompagna son mari à la porte et l'aida à mettre son pardessus.

– Ne travaille pas trop, chéri, dit-elle.

– Non.

– Tu rentres à six heures ?

– Je l'espère.

– Auras-tu le temps d'aller chez le prêteur sur gages ? demanda-t-elle.

– Mon Dieu, je n'y pensais plus ! J'y vais maintenant. C'est sur mon chemin.

– Tu n'as pas perdu le ticket ?

– J'espère que non, dit-il en tâtant la poche de son gilet. Non, il est là.

– Tu as assez d'argent ?

– Juste ce qu'il faut.

– Mon chéri, dit-elle en s'approchant plus près de lui pour lui redresser la cravate qui, d'ailleurs, était parfaitement droite. Si c'est quelque chose de beau, quelque chose qui me ferait plaisir, me téléphoneras-tu dès que tu seras à ton cabinet ?

– Si tu veux.

– Tu sais, au fond, j'aimerais bien que ce soit quelque chose pour toi, Cyril. Je le préférerais.

– C'est très généreux de ta part, ma chère. Mais maintenant, il faut que je me dépêche.

Au bout d'une heure environ, le téléphone sonna. Mme Bixby fut si rapide qu'elle décrocha l'écouteur avant même la fin de la première sonnerie.

– Ça y est ! dit-il.

– Tu l'as ? Oh, Cyril, qu'est-ce que c'est ? C'est bien ?

– C'est fantastique ! Attends, tu verras ! Tu vas t'évanouir !

– Chéri, qu'est-ce que c'est ? Dis-le-moi vite !

– Tu es une veinarde, voilà ce que tu es.

– Alors c'est pour moi ?

– Bien sûr que c'est pour toi. Mais comment a-t-on pu mettre en gage une chose pareille pour cinquante dollars seulement ? Je n'y comprends vraiment rien. Ils sont fous, ces gens.

– Cyril ! Arrête de me tenir en haleine ! Je n'en peux plus !

– Tu deviendras folle en voyant la chose.

– Mais qu'est-ce que c'est ?

– Essaye de deviner.

Mme Bixby freina. « Attention ! se dit-elle. C'est le moment de ne pas aller trop vite. »

– Un collier, dit-elle.

– Faux.

– Un solitaire.

– Tu ne brûles même pas. Je vais te faciliter les choses. C'est plutôt vestimentaire.

– Que veux-tu dire ? Un chapeau ?

– Ce n'est pas un chapeau, dit-il en riant.

– Oh, Cyril, dis-le-moi, je t'en conjure !

– Non. Je veux te faire une surprise. Tu le verras ce soir à la maison.

– Tu ne feras pas cela ! s'écria-t-elle. Je vais te rejoindre tout de suite !

– Je préfère que tu ne viennes pas.

– Ne sois pas stupide, chéri. Pourquoi pas ?

– Parce que j'ai trop à faire. Tu vas bousculer tout mon programme de ce matin. J'ai déjà une demi-heure de retard.

– Alors, je passerai à l'heure du déjeuner. D'accord ?

– Je ne déjeunerai même pas. Oh, et puis bon, viens à une heure et demie, je mangerai un sandwich. Au revoir.

A une heure et demie exactement, Mme Bixby sonna au cabinet du docteur. Celui-ci, dans sa blouse blanche de dentiste, vint lui-même ouvrir la porte.

– Oh, Cyril, je suis si impatiente !

– Il y a de quoi. Tu as de la veine, le sais-tu ?

Et il la précéda dans le couloir, puis au bureau.

– Allez déjeuner, mademoiselle Pulteney, dit-il à

son assistante occupée à déposer avec zèle les instruments dans le stérilisateur. Vous terminerez cela en revenant. Il attendit que la jeune femme partît. Puis il se dirigea vers le placard et s'arrêta.

– La chose est là, dit-il. Et maintenant, ferme les yeux.

Mme Bixby s'exécuta. Elle retint sa respiration et, dans le silence qui suivit, elle entendit s'ouvrir la porte du placard. Puis il y eut le doux froufroutement d'un vêtement que l'on décroche.

– Ça y est. Tu peux regarder !

– Je n'ose pas, dit-elle en riant.

– Vas-y. Fais un effort.

En hésitant, en gloussant, elle entrouvrit une paupière, juste une seconde, le temps d'apercevoir comme dans un brouillard l'homme à la blouse blanche qui tenait quelque chose en l'air.

– Du vison ! cria-t-il. Du vrai vison !

Au son de ce mot magique, elle ouvrit aussitôt les yeux et s'avança, prête à recevoir le manteau dans ses bras.

Mais il n'y avait pas de manteau. Rien qu'un ridicule petit tour de cou en fourrure qui pendillait à la main de son mari.

– Réjouis-en tes yeux ! dit-il en le faisant onduler devant son visage.

Mme Bixby porta une main à sa bouche et recula. « Je vais me mettre à hurler, se dit-elle. Je le sais. Je vais me mettre à hurler. »

– Qu'y a-t-il, ma chère ? Il ne te plaît pas ?

Il arrêta le mouvement ondulatoire, en attendant qu'elle dise quelque chose.

– Eh bien, balbutia-t-elle. C'est… c'est… c'est très joli, vraiment. Très, très joli…

– Cela coupe le souffle, n'est-ce pas ?

– Oh ! oui…

– Merveilleuse qualité, dit-il, belle couleur. Sais-tu, ma chère, je crois qu'une pièce comme celle-ci te coûterait au moins deux ou trois mille dollars si tu voulais l'acheter dans un magasin.

– Je n'en doute pas.

C'étaient deux peaux, deux petites peaux miteuses avec leurs têtes. Des yeux de verre et des petites pattes pendantes. L'une des deux têtes mordait la queue de l'autre.

– Voilà, fit-il. Essayons-le.

Il avança pour lui parer le cou, puis il recula pour mieux l'admirer.

– C'est parfait. Ça te va à merveille. Le vison, ce n'est pas pour n'importe qui, ma chère.

– Pas pour n'importe qui, en effet.

– Il vaut mieux ne pas le mettre quand tu feras ton marché, sinon on va te croire millionnaire et te doubler les prix.

– J'y penserai, Cyril.

– Je crains que tu ne puisses rien espérer d'autre pour Noël. Cinquante dollars, c'est un peu plus que j'allais y consacrer, de toute manière.

Sur ce, il alla se laver les mains.

– Maintenant, rentre vite, ma chère, et bon appétit.

Je serais bien sorti avec toi, mais j'ai le père Gorman dans ma salle d'attente, avec une dent déplombée.

Mme Bixby prit la porte.

« Je vais aller tuer ce prêteur sur gages, se dit-elle. Je cours à sa boutique à l'instant même pour lui jeter cette camelote à la figure. Et s'il ne me rend pas mon manteau, je le tue. »

– Je ne t'ai pas dit que je rentrerai tard ce soir ? demanda Cyril Bixby en se savonnant toujours les mains.

– Non.

– A en juger d'après maintenant, il sera au moins huit heures et demie. Neuf heures peut-être.

– Très bien. A ce soir.

Et Mme Bixby sortit en claquant la porte.

Au même instant, Mlle Pulteney, la secrétaire-assistante, venait à sa rencontre dans le couloir. Elle avait fini de déjeuner.

– Quel jour magnifique ! dit Mlle Pulteney dans un sourire éclatant lorsqu'elle la croisa.

Elle était suivie d'une traînée de parfum. Sa démarche était ondulante et elle avait l'air d'une reine, oui, d'une reine, dans le superbe manteau de vison noir que le Colonel avait offert à Mme Bixby.

*Traduit de l'anglais par Élisabeth Gaspar.*

# UN BEAU DIMANCHE

**M.** Boggis conduisait lentement sa voiture, confortablement renversé sur son siège, un coude sur l'appui de la fenêtre ouverte. Comme le paysage était beau ! Et comme il était doux de voir revenir l'été, avec ses primeroses et son aubépine. L'aubépine qui éclatait, blanche, rose et rouge, le long des haies, et les petites touffes de primeroses, comme tout cela était beau !

Il retira une main du volant pour allumer une cigarette. Le mieux serait, se dit-il, de pousser jusqu'au sommet de Brill Hill. Il pouvait le voir, ce sommet, de là où il se trouvait. Et cette grappe de maisons parmi les arbres, là-haut, cela devait être le village de Brill. Cela tombait bien. Peu de ses secteurs dominicaux possédaient une altitude aussi favorable à son travail.

Il grimpa la route en pente et arrêta la voiture peu avant le sommet, à l'orée du village. Puis il en sortit et regarda autour de lui. A ses pieds, le paysage s'étalait comme un vaste tapis vert. La vue était dégagée. C'était parfait. Il tira de sa poche un crayon et un carnet, s'adossa contre la voiture et laissa ses yeux experts parcourir le panorama avec lenteur.

A sa droite, il vit une ferme de taille moyenne, adossée aux champs, reliée à la route par un sentier. Plus haut, il y avait une autre ferme, plus grande que la première. Puis une maison, de style Queen Anne probablement, entourée de grands ormes. Plus loin, à gauche, deux fermes identiques. Cela faisait cinq demeures en tout. Rien d'autre à signaler.

Sur son carnet, M. Boggis fit un rapide croquis, notant la position de chaque maison pour les retrouver plus facilement au retour. Puis il remonta dans la voiture, traversa le village et atteignit l'autre côté de la colline. Là il repéra six autres habitations – cinq fermes et une blanche maison géorgienne. Il examina cette dernière à l'aide de ses jumelles. Elle paraissait propre et cossue. Le jardin était bien entretenu. Dommage. Il la raya immédiatement. Rien à attendre de la prospérité.

Il y avait donc dix possibilités dans ce coin. Dix était un très bon nombre. Juste ce qu'il fallait pour un après-midi, et sans se presser. Quelle heure était-il ? Midi. Il aurait bien bu un verre de bière avant de se mettre au travail. Mais le dimanche, les bistrots n'ouvraient pas avant une heure. Tant pis, il boirait sa bière plus tard. Il jeta un coup d'œil sur son carnet et décida de s'occuper en premier de la maison Queen Anne. A travers ses jumelles, elle lui était apparue joliment délabrée. Pour un peu d'argent, les gens marcheraient sans doute. D'autant qu'il avait toujours eu de la chance avec les Queen Anne. M. Boggis réintégra sa voiture, desserra le frein à main et descendit la colline sans moteur.

A part le fait qu'il était provisoirement déguisé en curé, la personne de M. Cyril Boggis ne présentait rien de particulièrement sinistre. Antiquaire de son métier, il possédait une boutique et une salle d'exposition sur la Kings Road, à Chelsea. Ses locaux n'étaient pas grands et, en général, il ne faisait pas de grosses affaires, mais comme il achetait toujours bon marché, très, très bon marché, il parvenait à se faire un joli petit revenu chaque année. C'était un vendeur de talent et, qu'il fût question d'achat ou de vente, il avait le don d'entrer doucement dans la peau du personnage qui correspondait le mieux aux goûts du client. Il était sérieux et plein de charme avec les vieillards, obséquieux avec les riches, humble avec les dévots, autoritaire avec les faibles, polisson avec les veuves, spirituel avec les vieilles demoiselles. Très conscient de ce don, il n'hésitait pas à s'en servir chaque fois que l'occasion se présentait. Et souvent, à la fin d'un numéro particulièrement réussi, il avait du mal à ne pas se retourner pour saluer une ou deux fois devant le tonnerre d'applaudissements d'un public imaginaire.

Malgré cette aptitude à la clownerie, M. Boggis n'était pas fou. En fait, il était connu pour en savoir plus long sur les meubles français, anglais et italiens que quiconque à Londres. D'un goût très sûr, il était prompt à reconnaître et à écarter un objet sans grâce, fût-il authentique. Son amour allait, bien entendu, aux grands maîtres anglais du XVIIe, Ince, Mayhew, Chippendale, Robert Adam, Manwaring, Inigo Jones, Hepplewhite, Kent, Johnson, George Smith, Lock, Sheraton et quelques autres, mais même avec ceux-là, il lui arrivait de faire le difficile. Il refusait par exemple de laisser entrer dans sa salle d'exposition une pièce de la période gothique ou chinoise de Chippendale. Il en était de même pour les motifs surchargés, à l'italienne, de Robert Adam.

Au cours des dernières années, M. Boggis s'était taillé une réputation enviable parmi ses confrères, grâce à sa faculté de présenter, avec une étonnante régularité, des pièces insolites et même extrêmement rares. On chuchotait qu'il avait des réserves à peu près inépuisables, une sorte d'entrepôt particulier où, disait-on, il lui suffisait de se rendre une fois par semaine, en voiture, pour y puiser à loisir. Et, chaque fois qu'on lui demandait de dévoiler son secret, il souriait mystérieusement, clignait de l'œil en murmurant quelques mots peu compréhensibles.

Il était simple pourtant, le petit secret de M. Boggis, et l'idée lui en était venue à la suite d'un certain dimanche après-midi, voilà près de neuf ans, alors qu'il se promenait à la campagne au volant de sa voiture.

Il était parti le matin pour voir sa vieille mère qui vivait à Sevenoaks. En revenant, ayant cassé la courroie du ventilateur de sa voiture, l'eau du radiateur s'était mise à bouillir. Il s'était donc arrêté pour marcher jusqu'à la maison la plus proche, une toute petite ferme à l'écart de la route, et il avait demandé une cruche d'eau à la fermière.

En attendant qu'elle aille la chercher, il avait jeté par hasard un coup d'œil par la porte entrouverte de la chambre, et là, il avait découvert une chose qui fit battre son cœur et lui mit la sueur au front. C'était un grand fauteuil de chêne comme il n'en avait vu qu'une seule fois de sa vie. Les accotoirs, ainsi que le dossier, étaient soutenus par une rangée de huit fuseaux merveilleusement tournés. Le dossier lui-même portait une délicate marqueterie à fleurs, et une tête de canard longeait les accotoirs. « Seigneur, pensa-t-il, cela doit bien dater du XV$^e$ siècle ! »

Il avança un peu la tête, et, ciel ! de l'autre côté de la cheminée, il y avait un second fauteuil semblable au premier !

Sans en être tout à fait sûr, il estima que deux fauteuils de cette espèce, cela devait valoir au moins mille livres, à Londres. Et quelles merveilles !

Lorsque la femme revint, M. Boggis lui demanda à brûle-pourpoint si elle voulait bien lui vendre les deux fauteuils.

– Dieu me garde, répondit-elle. Mais pourquoi donc ?

– C'est que je vous en donnerais un bon petit prix.

Cela l'intriguait. Combien lui donnerait-il ? Les fauteuils, bien sûr, n'étaient pas à vendre, mais rien que pour voir, pour rire, combien lui donnerait-il ?

– Trente-cinq livres.

Trente-cinq livres, tiens, tiens. Comme c'était

intéressant ! D'ailleurs, elle avait toujours pensé qu'ils avaient de la valeur. Ils étaient très vieux. Et très confortables aussi. Mais elle ne pouvait absolument pas s'en passer, rien à faire. Non, vraiment, ils n'étaient pas à vendre, mais merci tout de même.

M. Boggis lui dit qu'ils n'étaient pas si vieux que ça et qu'ils ne seraient pas si faciles à vendre, mais qu'il avait justement un client qui raffolait de ce genre de choses. Peut-être, s'il ajoutait deux livres – trente-sept au lieu de trente-cinq ?

Ils passèrent une demi-heure à négocier ainsi et, naturellement, M. Boggis finit par emporter les deux fauteuils après les avoir payés le vingtième à peu près de leur valeur.

Ce soir-là, sur le chemin du retour, les deux merveilleux fauteuils rangés à l'arrière de sa vieille camionnette, M. Boggis eut soudain une idée de génie.

« Voyons, se dit-il. S'il y a de beaux morceaux dans une ferme, pourquoi n'y en aurait-il pas dans une autre ? » Pourquoi ne les rechercherait-il pas ? Pourquoi ne passerait-il pas au crible toute la région ? Le dimanche, par exemple, cela ne lui ferait pas perdre de temps. D'ailleurs, il ne savait jamais que faire de ses dimanches.

Cela dit, M. Boggis acheta des cartes, des cartes à grande échelle des environs de Londres et, à l'aide d'une plume fine, il partagea chacune d'elles en une série de carrés. Chacun de ces carrés représentait une surface de cinq milles sur cinq, la distance qu'il pouvait couvrir en un seul dimanche s'il devait l'examiner à fond. Il ne s'intéressait ni aux villes ni aux villages. Ce qu'il recherchait, c'étaient les endroits plutôt isolés, les grandes fermes, les maisons de campagne un peu délabrées. En faisant un carré par dimanche, cela lui ferait cinquante-deux carrés par an. En procédant ainsi, il verrait peu à peu toutes les fermes et toutes les maisons sans rien laisser lui échapper.

Évidemment, la chose n'était pas simple. Les gens qui vivent à la campagne sont plutôt soupçonneux. Même les riches appauvris. Vous ne pouvez pas aller sonner à leur porte et vous attendre à ce qu'ils vous fassent visiter leur maison, comme ça, pour rien, pour bavarder. Non, de cette façon, vous ne franchirez jamais une porte. Que faire alors, pour y parvenir ? Il vaudrait mieux ne pas leur dire qu'il était marchand de meubles. Il pourrait être l'employé du téléphone, le plombier, l'inspecteur du gaz. Ou même, il pourrait être curé…

A partir de ce moment, tout le scénario se mit à prendre forme. M. Boggis commanda une importante quantité de cartes où était gravé le texte suivant :

LE RÉVÉREND CYRIL WINNINGTON BOGGIS
Président de la Société
pour la protection des meubles rares
En association avec le musée Victoria-et-Albert.

Et depuis, tous les dimanches, il se transformait en gentil vieux curé qui passait son temps à courir la campagne par dévouement pour sa « Société », afin de réunir un inventaire des trésors cachés dans les maisons anglaises. Et qui aurait la cruauté de le chasser en apprenant cela ?

Personne.

Donc, une fois introduit, s'il lui arrivait d'apercevoir une pièce vraiment digne d'intérêt, il connaissait cent manières de procéder.

A la grande surprise de M. Boggis lui-même, cela marchait. En fait la bienveillance avec laquelle on le recevait dans les maisons de campagne était, au début, très embarrassante, même pour lui. Une tranche de pâté, un verre de porto, une tasse de thé, un panier de prunes et même un repas dominical en famille, voilà à quoi il s'exposait constamment. Bien sûr, çà et là il avait passé de mauvais moments, connu un certain nombre d'incidents, mais voyons, neuf ans, cela fait plus de quatre cents dimanches et un nombre considérable de maisons. Tout compte fait, l'affaire avait été intéressante, passionnante et lucrative.

Aujourd'hui, cela faisait un dimanche de plus, et M. Boggis opérait cette fois dans le comté de Buckinghamshire, un des carrés situés le plus au nord sur sa carte, à dix milles environ d'Oxford. Et comme il descendait la colline au volant de sa voiture, en direction de sa première maison, la Queen Anne délabrée, il eut soudain le sentiment que c'était là un de ses jours de chance.

Il gara sa voiture à une centaine de mètres de la porte et fit à pied le reste du chemin. Il préférait ne pas exhiber sa voiture avant que le marché fût conclu. Un bon vieux curé et une grosse camionnette, cela ne va pas ensemble. Cette brève promenade lui permit également de mieux examiner l'aspect extérieur de la propriété et de choisir le ton qui conviendrait le mieux.

M. Boggis parcourut allègrement les cent mètres qui séparaient sa voiture de la maison. C'était un homme court sur pattes avec un gros ventre. Il avait une bonne tête de curé, ronde et rose, avec de gros yeux bruns et bombés, des yeux de veau marin. Il portait une robe noire à collier de chien blanc et il était coiffé d'un feutre noir. Il avait à la main une canne de chêne qui lui donnait, à son avis, une allure plus joviale, plus rustique.

Arrivé devant la porte, il sonna. Il entendit un bruit de pas, la porte s'ouvrit et, devant lui, ou plutôt au-dessus de lui, apparut une femme gigantesque en culotte de cheval. Même à travers l'odeur de la cigarette qu'elle fumait, il ne pouvait pas ne pas sentir celle des écuries et du fumier qui était collée à toute sa personne.

– Que désirez-vous ? dit-elle en le regardant de manière soupçonneuse.

M. Boggis, qui n'eût pas été surpris de l'entendre hennir, souleva son chapeau, s'inclina un peu et tendit sa carte.

– Excusez-moi de vous déranger, dit-il.

Puis il attendit en observant son visage tandis qu'elle lisait.

– Je ne comprends pas, fit-elle en lui rendant la carte. Que désirez-vous au juste ?

M. Boggis donna des précisions sur la Société pour la protection des meubles rares.

– Est-ce que cela n'aurait pas quelque chose à voir avec le parti socialiste ? demanda-t-elle en fronçant ses sourcils pâles et broussailleux.

A partir de ce moment, cela allait tout seul. Un tory mâle ou femelle en culotte de cheval, c'était toujours une proie facile. Et M. Boggis de consacrer deux bonnes minutes à un éloge passionné de l'aile d'extrême droite du parti conservateur, puis deux autres à dénoncer les socialistes. Pour finir, il fit une place importante au projet de loi que les socialistes avaient déposé et qui avait pour but l'abolition des massacres qu'entraînait la chasse. Aussi confia-t-il à son auditrice, tout en remarquant qu'il valait mieux ne pas le dire à l'évêque, que, à son idée, le paradis était un endroit où l'on pourrait chasser le renard, le cerf et le lièvre avec des meutes infatigables, du matin au soir, tous les jours de la semaine, y compris le dimanche.

En parlant, il la guettait du coin de l'œil pour voir venir l'instant magique où il pourrait se mettre au travail. La femme souriait à présent, découvrant un lot de dents en touches de piano.

– Madame, s'écria-t-il, je ne vous demande qu'une chose, même je vous en supplie, ne me parlez pas des socialistes !

Alors elle éclata d'un énorme rire, souleva une immense main rouge et lui donna une tape sur l'épaule, une tape si vigoureuse qu'il faillit tomber.

– Entrez ! claironna-t-elle. Je ne vois toujours pas ce que vous voulez, mais entrez donc !

Malheureusement, et cela pouvait paraître surprenant, il n'y avait aucun meuble de valeur dans toute la maison. Et M. Boggis, qui ne perdait jamais de temps en terre stérile, s'excusa au bout d'un moment et prit congé. La visite avait duré moins de cinquante minutes. Ce n'était pas excessif, se dit-il, en rejoignant sa voiture.

Maintenant, il ne lui restait plus que des fermes à visiter. La plus proche était à un demi-mille, en remontant la route. C'était une grande construction, très ancienne, mi-bois, mi-brique. Un magnifique poirier, encore en fleur, cachait presque tout le mur orienté au sud.

M. Boggis frappa à la porte. Il attendit, mais personne ne vint. Il frappa encore. Toujours pas de réponse. Il fit alors le tour de la maison pour voir si la fermière était à l'étable. Là non plus, il ne trouva personne. Ils étaient certainement tous à l'église. Et il se mit à regarder par les fenêtres. Rien dans la salle à manger. Rien non plus à la bibliothèque. Il passa à la fenêtre suivante, celle de la salle de séjour. Et là, sous son nez, dans la petite alcôve, il vit une chose admirable. Une table de jeu en demi-lune, en acajou richement verni, de l'époque Hepplewhite, datant de 1780 environ.

– Ah ! fit-il, le visage collé à la vitre. Bien joué, Boggis !

Mais ce n'était pas tout. Il y avait aussi une chaise,

une chaise unique. Hepplewhite également, et d'une qualité plus belle encore que la table. Le treillis du dossier était d'une grande finesse, le cannage du siège était original, les pieds se décrochaient avec grâce, leur ligne était des plus recherchées. C'était une chaise exquise.

– Avant la fin du jour, dit doucement M. Boggis, j'aurai le plaisir de m'asseoir sur cette merveille.

Car il n'achetait jamais une chaise sans s'y asseoir d'abord. C'était une de ses expériences préférées. Il fallait le voir se laisser tomber délicatement sur le siège pour jauger le degré de rétrécissement précis mais infinitésimal dont les années avaient marqué les assemblages.

Mais rien ne pressait. Il reviendrait plus tard. Il avait tout l'après-midi devant lui.

La ferme suivante se trouvait au-delà des champs, et pour laisser sa voiture hors de vue, M. Boggis dut la quitter sur la route et suivre un long sentier qui menait directement au potager, derrière la maison. Cette ferme était bien plus petite que la précédente. Elle ne promettait pas grand-chose. Elle paraissait sale, mal entretenue et les étables étaient plutôt en mauvais état.

Dans un coin de la cour, il y avait trois hommes, debout. L'un d'eux tenait en laisse deux grands lévriers. Lorsque les hommes virent M. Boggis dans sa robe noire à collier de chien blanc, ils cessèrent de parler et prirent l'air figé. Immobiles soudain, les trois visages le regardaient approcher avec méfiance.

Le plus âgé des trois était un homme trapu avec une bouche de crapaud et de petits yeux fuyants. Cet homme – M. Boggis l'ignorait, évidemment – s'appelait Rummins. Il était le propriétaire de la ferme.

Le grand garçon à l'œil malade qui se tenait à côté de Rummins était Bert, son fils.

Le troisième, un peu courtaud, au visage ratatiné, aux sourcils joints, aux épaules démesurées, s'appelait Claude. Il avait fait irruption chez Rummins dans l'espoir d'obtenir un morceau du cochon que Rummins avait tué la veille. Claude avait entendu parler de l'abattage – tout le monde, dans les fermes voisines, était au courant – et il savait aussi qu'il fallait une autorisation du gouvernement pour tuer une bête, et que Rummins n'en avait pas.

– Bonjour, dit M. Boggis. Quel beau temps, vous ne trouvez pas ?

Les trois hommes ne bronchèrent pas. Tous les trois pensaient exactement à la même chose : que ce prêtre, qui n'était certainement pas du pays, avait été envoyé pour fourrer son nez dans leurs affaires et pour les dénoncer ensuite au gouvernement.

– Quels beaux chiens, poursuivit M. Boggis. Je n'ai jamais vu de courses de lévriers, mais il paraît que c'est fascinant.

Toujours le silence. M. Boggis, qui promenait son regard de l'un à l'autre, constata qu'ils avaient tous les trois la même expression : quelque chose entre l'ironie et la provocation, une moue dédaigneuse, des plis goguenards aux coins du nez.

– Puis-je savoir si vous êtes le propriétaire ? demanda l'intrépide M. Boggis en s'adressant à Rummins.

– Que voulez-vous ?

– Excusez-moi de vous déranger un dimanche.

M. Boggis brandit sa carte. Rummins la prit et l'approcha de sa figure. Les deux autres, bien que toujours immobiles, laissèrent rouler leurs yeux de ce côté.

– Et que voulez-vous dire par là ? demanda Rummins.

Pour la seconde fois, M. Boggis vanta avec une certaine lenteur les buts et les vertus de la Société pour la protection des meubles rares.

– Nous n'en avons pas, lui dit Rummins lorsqu'il eut fini sa tirade. Vous perdez votre temps.

– Pas si vite, monsieur, dit M. Boggis en levant l'index. La dernière fois, un vieux fermier du Sussex m'a dit la même chose. Mais quand il a fini par me laisser entrer chez lui, savez-vous ce que j'ai trouvé ? Une vieille chaise sale, dans la cuisine, mais qui valait quatre cents livres ! Je l'ai aidé à la vendre, et il s'est acheté un nouveau tracteur avec cet argent.

– Qu'est-ce que vous racontez là ? dit Claude. Une chaise de quatre cents livres, ça n'existe pas.

– Là, pardon, mais vous vous trompez, fit d'un air pincé M. Boggis. Il y a des tas de chaises en Angleterre qui valent deux fois cette somme, ou même plus que ça. Et savez-vous où elles sont ? Eh bien, tout simplement dans les fermes, dans les chaumières de la campagne anglaise, et les propriétaires s'en servent comme d'un escabeau, ils montent dessus avec leurs sales brodequins pour descendre un pot de confiture du haut de l'armoire, ou pour accrocher un tableau au mur. C'est la vérité, mes amis !

Mal à l'aise, Rummins dansait d'un pied sur l'autre.

– Vous voulez dire que, ce qu'il vous faut, c'est faire le tour de la maison ?

– Exactement, dit M. Boggis.

Il commençait enfin à comprendre ce que redoutaient ces gens.

– Mais, rassurez-vous, je ne fouillerai pas vos armoires, ni votre garde-manger. Je voudrais seulement regarder vos meubles pour voir si vous n'avez pas quelque trésor ici, car cela peut arriver. Et puis je pourrais en parler dans le journal de la société.

– Vraiment ? fit Rummins en le fixant de ses petits yeux malicieux. On dirait que c'est vous qui cherchez à acheter vos trucs. Sans cela, pourquoi vous donneriez-vous tant de mal ?

– Oh ! Si seulement j'étais assez riche pour cela ! Bien sûr, s'il m'arrivait de trouver un objet à mon goût et dans mes prix, je pourrais être tenté de faire une offre. Mais, hélas ! cela n'arrive que rarement.

– Bon, dit Rummins, si vous y tenez, venez jeter un coup d'œil.

Il ouvrit la voie à travers la cour, suivi de M. Boggis, de son fils Bert, de Claude et de ses deux chiens. Ils passèrent par la cuisine qui n'était meublée que d'une piètre table de sapin où gisait un poulet mort. Puis ce fut une grande chambre extrêmement sale.

Et pan ! M. Boggis s'arrêta net, secoué par un petit hoquet d'émotion. Et il resta où il était, cinq, dix, quinze secondes au moins, le regard fixe comme un crétin, incapable de croire, d'oser croire ses yeux. Ce ne pouvait être vrai, ce n'était pas possible ! Mais plus il écarquillait les yeux, plus cela paraissait vrai. Après tout, la chose était là, contre le mur, juste en face de lui, aussi vraie et présente que la maison elle-même. Et qui pourrait s'y tromper ? Évidemment, elle était peinte en blanc, l'œuvre de quelque imbécile, mais cela était sans importance. La peinture, c'est facile à gratter. Mais grand Dieu, regardez-moi ça ! Et dans un taudis pareil !

Mais M. Boggis finit par se rendre compte que les trois hommes, qui se tenaient groupés près de la cheminée, le regardaient fixement. Ils l'avaient bien vu s'arrêter, hoqueter, écarquiller les yeux, et ils avaient dû voir aussi son visage rougir, ou peut-être pâlir. De toute manière, ils en avaient vu assez pour lui gâcher toute son affaire s'il ne trouvait pas rapidement un moyen de s'en tirer. En une fraction de seconde, M. Boggis porta une main à son cœur et s'affaissa sur la chaise la plus proche en respirant lourdement.

– Qu'est-ce qui vous arrive ? demanda Claude.

– Ce n'est rien, fit-il en haletant. Ce sera vite passé. Un verre d'eau, s'il vous plaît… C'est le cœur.

Bert alla lui chercher un verre d'eau, le lui tendit et resta à ses côtés sans cesser de le regarder bêtement.

– J'ai cru que vous regardiez quelque chose, dit Rummins.

La bouche de crapaud s'étira en un sourire plein de ruse qui laissa voir les chicots de plusieurs dents cassées.

– Non, non, fit M. Boggis. Oh, Seigneur, non. Ce n'est que mon cœur. Je suis désolé. Cela m'arrive de temps en temps. Mais ce n'est jamais long. Je serai remis dans deux minutes.

Car il fallait, se dit-il, trouver le temps de réfléchir, de se calmer parfaitement avant de dire quoi que ce soit. Du calme, Boggis, c'est le principal. Ces gens sont peut-être ignorants, mais ils ne sont pas stupides. Ils sont méfiants, circonspects et sournois. Et si c'est vrai, alors... mais non, c'est impossible, IMPOSSIBLE...

Dans un geste de souffrance, il tenait une main devant ses yeux et, imperceptiblement, avec beaucoup de précaution, il écarta un peu les doigts et tenta de regarder au travers.

Oui, c'est sûr. Il ne s'était pas trompé en identifiant la chose au premier coup d'œil. Il n'y avait pas le moindre doute ! C'était incroyable !

Il avait devant lui un meuble pour lequel n'importe quel expert aurait donné toute sa fortune. Pour un profane, évidemment, il pouvait n'avoir rien d'extra-ordinaire, surtout sous sa couche de peinture blanche et sale. Mais pour M. Boggis, c'était le rêve d'un anti-quaire. Comme tout marchand qui se respecte, il savait que parmi les pièces les plus célèbres et les plus convoitées de l'ameublement anglais du XVIIIe siècle figuraient les trois fameuses « commodes Chippendale ». Il connaissait parfaitement leur his-toire. La première avait été « découverte » en 1920, dans une maison de Morethon-on-the-Marsh et ven-due chez Sotheby la même année. Les deux autres venaient du Rainham Hall, Norfolk. Elles étaient pas-sées aux mêmes enchères un an plus tard. Elles avaient atteint des prix fabuleux. Il ne se rappelait pas exactement le prix atteint par la première, ni même par la seconde, mais il était certain que la dernière avait été vendue trois mille neuf cents guinées. Et c'était en 1921 ! Aujourd'hui, la même pièce vaudrait sûrement dix mille livres. Un expert dont M. Boggis avait oublié le nom avait prouvé dans une récente étude que ces trois meubles devaient provenir du même atelier car les placages étaient du même bois. On n'avait pas retrouvé les factures, mais les experts s'accordaient pour penser que ces trois commodes n'avaient pu être exécutées que par Thomas Chippendale lui-même, de ses propres mains, dans la période la plus inspirée de sa carrière.

Et ici, M. Boggis se le répétait en regardant à la sauvette par la trouée de ses doigts, ici se trouvait la quatrième commode Chippendale ! Et c'était lui qui l'avait découverte ! Il allait être riche ! Et célèbre ! Chacune des trois autres était connue à travers le monde des meubles sous un nom particulier. La commode Chastleton, la première commode de Rainham, la seconde commode de Rainham. Celle-ci ferait son entrée dans l'histoire sous le nom de commode de Boggis ! Imaginez un peu la tête des gens, à Londres, quand ils la verront demain matin ! Et les offres vertigineuses que lui feront les grands types de West End – Frank Partridge, Mallet, Jetley et tous les autres ! Il y aurait une photo dans le *Times* et en dessous, on pourrait lire : « La très belle commode Chippendale récemment découverte par le marchand londonien Cyril Boggis... » Bon Dieu, quel bruit cela allait faire !

Celle-ci, se dit M. Boggis, était à peu près semblable à la seconde de Rainham. Car toutes les trois, la Chastleton et les deux Rainham, présentaient entre elles quelques petites différences d'ordre ornemental. C'était un meuble magnifique, construit dans le style rococo de la période la plus heureuse de Chippendale, une grosse commode plantée sur quatre pieds sculptés et cannelés qui la soutenaient à environ un pied du sol. Elle avait quatre tiroirs, deux grands au milieu et deux plus petits de chaque côté. Le serpentin avant était somptueusement orné de motifs compliqués de festons, de volutes et de grappes. Les poignées de cuivre, bien que recouvertes en partie de peinture blanche, paraissaient superbes. C'était, bien entendu, une pièce plutôt lourde, mais l'élégance de sa ligne en atténuait considérablement la lourdeur.

Quelqu'un demanda :

– Comment vous sentez-vous ?

– Merci, merci, répondit M. Boggis. Ça va déjà beaucoup mieux. Ça passe vite. Mon médecin dit que cela ne vaut pas la peine de m'inquiéter à condition que je me repose quelques minutes chaque fois que cela arrive. Oh oui, fit-il en se remettant lentement debout, ça va mieux. Ça va tout à fait bien à présent.

D'une démarche un peu chancelante, il se mit à déambuler dans la pièce pour examiner un à un chaque meuble en le commentant brièvement. Ainsi, il put se rendre compte que, mis à part la commode, le reste était sans intérêt.

– Belle table de chêne, dit-il, mais pas assez ancienne pour avoir de la valeur. Bonnes chaises confortables, mais trop modernes, oui, beaucoup trop modernes. Quant à l'armoire, elle est assez intéressante, mais encore sans valeur. Cette commode – il passa près d'elle comme par hasard et claqua dédaigneusement des doigts – elle vaut bien quelques livres, mais pas plus. C'est une reproduction assez grossière, je le crains bien. De l'époque victorienne probablement. C'est vous qui l'avez peinte en blanc ?

– Oui, dit Rummins. C'est Bert qui l'a peinte.

– Excellente idée. C'est beaucoup moins choquant en blanc.

– C'est un beau modèle, dit Rummins. Il y a de belles sculptures.

– Faites à la machine, rétorqua M. Boggis avec superbe.

Il était courbé sur le meuble pour examiner l'exquis travail d'artisan.

– Cela se voit à un kilomètre. Pourtant, c'est assez joli dans son genre. Il y a de la finesse.

Il se remit à flâner, puis se ressaisit et revint lentement sur ses pas. Un doigt au bout du menton, il fronça les sourcils comme quelqu'un qui réfléchit très fort.

– Savez-vous, fit-il en regardant comme par hasard la commode. (Sa voix était indifférente.) Savez-vous, cela me revient maintenant… il me faudrait des pieds comme ceux de votre commode. J'ai une drôle de table, chez moi, une de ces tables basses qu'on met devant le sofa, une sorte de table à café. Et l'année dernière, à la Saint-Michel, alors que je m'installais dans ma maison, ces imbéciles de déménageurs en ont complètement abîmé les pieds. J'aime beaucoup cette table. J'y mets toujours ma bible, et toutes les notes pour mes sermons.

Il se gratta le menton.

– J'y pense maintenant. Les pieds de votre commode lui conviendraient certainement. Oui, c'est sûr. On pourrait facilement les couper et les fixer à ma table.

Il jeta un regard circulaire et vit les trois hommes immobiles, le regard soupçonneux. Trois paires d'yeux absolument dissemblables, mais où se lisait la même incrédulité. Les petits yeux de cochon de Rummins, les gros yeux lourds de Claude et les yeux dépareillés de Bert dont l'un était étrangement trouble, comme bouilli, avec un petit point noir au milieu, comme un œil de poisson dans une assiette.

M. Boggis secoua la tête en souriant.

– Allons, allons, qu'est-ce que je raconte ? Je parle comme si ce meuble m'appartenait. Excusez-moi.

– On dirait que vous avez envie de l'acheter, dit Rummins.

– Eh bien… (M. Boggis regarda de nouveau la commode en fronçant les sourcils.) Je n'en suis pas sûr. Peut-être bien… et puis… non… je crois que cela ferait trop de dérangement. Elle ne les vaut pas. Il vaut mieux que je la laisse.

– Combien pensez-vous offrir ?

– Pas beaucoup, je le crains. Vous savez, ce n'est pas un meuble d'époque. Ce n'est qu'une reproduction.

– Ce n'est pas sûr, dit Rummins. Nous l'avons depuis vingt ans, et avant, elle était au manoir. Je l'ai achetée moi-même aux enchères quand le vieux châtelain est mort. Vous n'allez pas me dire que c'est moderne !

– Elle n'est pas moderne à proprement dire, mais elle n'a sûrement pas plus de soixante ans.

– Elle a plus que ça, dit Rummins. Bert, où est ce morceau de papier que tu as trouvé un jour au fond d'un tiroir ? Ce vieux billet, tu sais bien…

Le garçon eut un regard distrait.

M. Boggis ouvrit la bouche, puis la referma sans avoir émis un son. Il commençait littéralement à trembler d'émotion, et pour retrouver son sang-froid, il marcha vers la fenêtre et regarda une grosse poule brune qui picorait des grains épars dans la cour.

– Il était au fond d'un tiroir, sous tous ces pièges à lapins, dit Rummins. Trouve-le et montre-le au curé.

Quand Bert fut près de la commode, M. Boggis se retourna. Il ne put s'empêcher de le guetter. Il le vit tirer un des grands tiroirs du milieu. Le tiroir glissa avec une douceur admirable. La main de Bert plongea dans un fouillis de câbles et de ficelles.

– C'est ça que vous voulez dire ?

Et Bert retira du fond du tiroir un pli jauni. Il le tendit à son père qui le déplia et l'approcha de ses yeux.

– Vous n'allez pas me dire que ce papillon n'est pas diablement vieux, dit Rummins en tendant le papier à M. Boggis dont les mains tremblaient.

Le papier était cassant. Il lui craquait un peu entre les doigts. C'était écrit à la main, d'une grande écriture penchée :

*Edward Montagu, Esqu.*
*Dr. A Thos, Chippendale*

*Une grande Table Commode du meilleur acajou, richement sculptée, montée sur pieds cannelés, deux grands tiroirs très nettement façonnés au milieu et deux dito de chaque côté. Riches poignées et ornements de cuivre ciselé, le tout fini dans le goût le plus exquis... £ . 87.*

M. Boggis se tenait péniblement debout, luttant ferme contre l'émotion, contre le vertige. Oh, Dieu, c'était merveilleux ! Cette facture faisait encore monter la valeur. Au nom du ciel, combien atteindrait-elle maintenant ? Douze mille livres ? Quatorze ? Peut-être quinze ou vingt, qui sait ? Bon Dieu ! Il jeta le papier sur la table avec mépris et dit d'une voix tranquille :

– C'est exactement ce que je vous disais. Une reproduction victorienne. C'est tout simplement la facture que le vendeur a donnée à son client en faisant passer le meuble pour une pièce ancienne. Des papiers de ce genre, j'en ai vu des tas. Vous remarquerez vous-même qu'il ne dit pas qu'il a fabriqué lui-même la commode. C'est tout dire.

– Racontez ce que vous voudrez, déclara Rummins, mais c'est un papier ancien.

– Bien sûr, mon cher ami. Il est victorien. Autour de 1890. C'est vieux de soixante ou soixante-dix ans, j'en ai vu des centaines. A cette époque, des tas de fabricants ne faisaient rien d'autre que de truquer les beaux meubles du siècle précédent.

– Écoutez-moi, curé, dit Rummins, pointant vers lui un gros doigt crasseux, vous en savez sûrement un bon bout sur la question, mais voilà ce que je dis, moi : comment diable pouvez-vous être si sûr que ça que c'est un faux alors que vous n'avez même pas vu de quoi ça a l'air sous la peinture blanche ?

– Approchez, dit M. Boggis. Approchez et je vais vous montrer.

Il se planta devant la commode et attendit qu'ils approchent.

– Maintenant, avez-vous un couteau ?

Claude sortit de sa poche un canif et M. Boggis le prit pour ouvrir la plus petite lame. Puis, procédant en apparence négligemment, mais en réalité avec un soin extrême, il se mit à gratter la peinture blanche sur une petite surface du sommet de la commode. La peinture se détacha proprement du vieux et dur vernis qui était en dessous. Quand il eut ainsi nettoyé trois centimètres carrés, il recula et dit :

– Maintenant, regardez !

C'était beau. Une chaude petite surface d'acajou brillant comme une topaze, dans la splendeur riche et profonde de ses deux cents ans.

– Qu'a-t-il de mal ? demanda Rummins.

– C'est truqué ! Tout le monde vous le dira.

– Comment pouvez-vous le voir ? Dites-le-nous.

– Bon. Je dois dire que c'est plutôt difficile à expliquer. C'est surtout une question d'expérience. Et mon expérience me dit que, sans aucun doute, ce bois a été travaillé à la chaux. C'est de cela qu'ils se servent pour l'acajou, pour lui donner cette couleur sombre, à l'ancienne. Pour le chêne, ils prennent des sels de potasse, et pour le noyer, c'est l'acide nitrique. Mais pour l'acajou, c'est toujours la chaux.

Les trois hommes s'approchèrent un peu plus pour scruter le bois. Ils manifestaient à présent une lueur d'intérêt. C'était toujours instructif d'entendre parler d'une nouvelle forme d'escroquerie ou de tromperie.

– Regardez bien le grain. Vous voyez cette petite touche d'orange au milieu du rouge-brun ? C'est la trace de la chaux.

Ils vinrent plus près encore, le nez contre le bois. Rummins d'abord, puis Claude, puis Bert.

– Et puis il y a la patine, poursuivit M. Boggis.

– La quoi ?

Il leur expliqua le sens de ce mot par rapport aux meubles :

– Mes chers amis, vous n'avez pas idée du mal que se donnent ces coquins pour arriver à imiter la patine, la belle et vraie patine comparable à celle du bronze. C'est terrible, c'est vraiment terrible, et cela me rend malade d'en parler !

Il articulait nettement et donnait à sa bouche une expression de profond dégoût. Les hommes se taisaient, en attendant qu'il leur dévoilât d'autres secrets.

– Le travail des uns sert à tromper les autres ! s'écria M. Boggis. N'est-ce pas dégoûtant ? Savez-vous ce qu'ils ont fait ici, mes amis ? Je peux le voir, moi. Je peux presque les voir faire, comme ils frottent le bois, longuement, rituellement, à l'huile de lin, comme ils le recouvrent d'un vernis français habilement coloré. Puis ils le passent à l'estompe et au glacis, puis à la cire d'abeille mêlée savamment de poussière et de saleté, et finalement ils le passent à la chaleur pour faire craqueler le vernis et lui donner cette apparence de vernis vieux de deux siècles. Vraiment, cela me bouleverse, une telle friponnerie !

Les trois hommes continuaient à regarder fixement la petite tache de bois sombre.

– Touchez-le ! ordonna M. Boggis. Touchez-le du bout du doigt ! Alors, c'est chaud ou c'est froid ?

– C'est froid, dit Rummins.

– Exactement, mes amis ! C'est un fait que la patine truquée est toujours froide au toucher. La vraie patine donne une curieuse sensation de chaleur.

– Celle-ci n'est ni chaude ni froide, fit Rummins, prêt à discuter.

– Non, monsieur, elle est froide. Mais naturellement, il faut des doigts experts et sensibles pour émettre un jugement valable. On ne peut vous demander de juger la qualité de ce bois comme vous ne pourriez me demander, à moi, de juger la qualité de votre orge. Dans la vie, cher monsieur, tout n'est qu'expérience.

Les hommes regardaient l'étrange curé, son visage rond comme la lune, aux yeux bombés. Moins soupçonneux que tout à l'heure parce qu'il avait l'air de s'y connaître. Mais loin encore d'avoir confiance en lui.

M. Boggis se pencha pour désigner une des poignées de métal des tiroirs.

– Voici un autre truc, dit-il. Le vieux cuivre a normalement une couleur et un caractère qui lui sont propres, le saviez-vous ?

Ils le fixaient, en attendant qu'il en dévoile davantage.

– Mais l'ennui, c'est qu'ils sont devenus trop habiles à l'assortir. Si bien qu'il est à peu près impossible de voir la différence entre du « vrai vieux » et du « faux vieux ». Je veux bien reconnaître qu'il me le faudrait deviner. Ce n'est donc pas la peine de gratter la peinture de ces poignées. Nous n'en serions pas plus avancés.

– Comment peut-on donner l'air vieux à du cuivre neuf ? demanda Claude. Le cuivre ne rouille pas, vous savez.

– Vous avez parfaitement raison, mon ami. Mais ces gredins ont leurs secrets bien à eux.

– Par exemple ? demanda Claude.

Toute révélation de ce genre avait de la valeur pour lui. On ne sait jamais.

– Voilà ce qu'ils font, dit M. Boggis. Ils placent les poignées pendant la nuit dans une boîte de copeaux d'acajou saturés de sels d'ammoniaque. Cela fait verdir le métal, mais si vous grattez le vert, vous trouverez en dessous un beau et doux lustré à la fois chaud et argenté, comme celui du très vieux cuivre.

Oh, vraiment, c'est inhumain ce qu'ils font ! Avec le fer, ils ont un autre tour.

– Que font-ils avec le fer ? demanda Claude fasciné.

– Le tour du fer, c'est facile, dit M. Boggis. Les serrures, les charnières, la vaisselle, ils enterrent tout ça dans du sel, du gros sel ordinaire. Puis ça sort tout rouillé, tout piqueté, en un rien de temps.

– Très bien, dit Rummins. Ainsi vous admettez que vous ne pouvez rien dire au sujet des poignées. Elles ont peut-être des centaines et des centaines d'années, qu'en savez-vous ?

– Ah, murmura M. Boggis en regardant Rummins de ses gros yeux de veau. C'est là que vous vous trompez. Regardez donc ceci.

Et, de sa poche, il sortit un petit tournevis. Mais en même temps, sans que personne puisse le voir il en sortit aussi une petite vis de cuivre pour la cacher dans sa main fermée. Puis il jeta son dévolu sur une des vis de la commode – il y en avait quatre à chaque poignée – et se mit à en gratter soigneusement toute trace de peinture. Puis, lentement, il la dévissa.

– Si c'est une authentique vis du XVIII$^e$ siècle, dit-il, la spirale sera un peu irrégulière puisqu'elle a été tracée à la lime. Mais si cette pièce est truquée, si elle est de l'époque victorienne ou de plus tard, la vis sera obligatoirement de la même époque. Ce sera une vis faite à la machine, en série. Bon, nous allons voir.

Et, en posant sa main sur la vis ancienne pour la retirer, M. Boggis n'eut aucun mal à lui substituer la neuve cachée jusqu'alors dans sa paume. C'était encore un de ses petits trucs et qui s'était révélé très fructueux au cours des années. Les poches de sa soutane étaient toujours pleines de vis de cuivre de bazar de toutes tailles.

– Nous y voilà, dit-il, en tendant la vis moderne à Rummins. Regardez un peu. Vous voyez la parfaite régularité de la spirale. Vous la voyez ? Eh bien, c'est tout simplement une petite vis courante que vous pourriez acheter vous-même dans n'importe quelle quincaillerie de village.

La vis passa de main en main. Chacun l'examina minutieusement. Même Rummins, cette fois-ci, était impressionné.

M. Boggis remit le tournevis dans sa poche, en même temps que la jolie vis taillée à la main qu'il avait extraite de la commode. Puis il se retourna pour se diriger lentement vers la porte, en passant devant les trois hommes.

– Mes chers amis, dit-il, en s'arrêtant à l'entrée de la cuisine, vous avez été très gentils de m'avoir accueilli dans votre petite maison. J'espère que je n'ai pas été un affreux raseur.

Rummins qui examinait toujours la vis leva les yeux.

– Vous ne nous avez pas dit ce que vous offririez, dit-il.

– Ah, dit M. Boggis. C'est juste. Je ne vous l'ai pas dit. Eh bien, pour être tout à fait sincère, je crois que tout cela ferait trop de dérangement. Je préfère abandonner cette idée.

– Combien donneriez-vous ?

– Vous voulez dire que vous désirez vraiment vous en séparer ?

– Je n'ai pas dit cela. Je vous ai demandé combien.

M. Boggis regarda la commode. Il tourna la tête d'un côté, puis de l'autre. Il fronça les sourcils, fit la moue, haussa les épaules. De la main, il fit un petit geste dédaigneux, comme pour dire que la chose n'en valait pas la peine…

– Mettons… dix livres. Je crois que ce serait correct.

– Dix livres ! s'écria Rummins. Voyons, curé, ne soyez pas ridicule !

– Autant en faire un feu de bois ! dit Claude avec dégoût.

– Et ce billet ! reprit Rummins, en poignardant si sauvagement de son index malpropre le précieux document que M. Boggis faillit en trembler. Il vous dit bien le prix ! Quatre-vingt-sept livres ! Et c'était neuf alors. Maintenant que c'est vieux, ça vaudra bien le double !

– C'est ce qui vous trompe, monsieur, si vous voulez bien m'excuser ! Il s'agit d'une reproduction de seconde main. Mais, pour vous être agréable, mon ami, je vais être généreux, c'est plus fort que moi, que voulez-vous. J'irai jusqu'à quinze livres. D'accord ?

– Faites-en cinquante, dit Rummins.

Un délicieux petit frisson, tout en pointes d'aiguilles, parcourut le dos de M. Boggis. Puis ses jambes, en descendant jusqu'à la plante de ses pieds. C'était joué. La chose était à lui. Il n'y avait plus de doute. Mais l'habitude acquise au cours des années d'acheter à bas prix, à prix aussi bas que possible, était trop profondément ancrée en lui pour qu'il se rendît aussi facilement.

– Mon cher ami, murmura-t-il avec douceur. Je ne veux que les pieds, pensez-y. Peut-être pourrai-je me servir des tiroirs un jour, mais le reste, toute cette carcasse, c'est bon pour le feu, comme votre ami l'a dit si justement, voilà…

– Faites-en trente-cinq, dit Rummins.

– Impossible, monsieur, impossible. Cela ne les vaut pas. Je ne peux pas me permettre de chipoter comme ça sur un prix. C'est inadmissible. Mais je vais vous faire une dernière offre, avant de m'en aller. Vingt livres.

– Va pour les vingt livres, aboya Rummins.

– Oh, mon cher, dit Boggis en lui serrant les mains. C'est tout moi. Je n'aurais jamais dû vous faire cette offre.

– Vous ne pouvez plus reculer, curé. Un marché est un marché.

– Oui, oui, je sais.

– Comment allez-vous faire pour l'emporter ?

– Eh bien, voyons. Peut-être si j'amenais ma voiture dans la cour, ces messieurs seraient assez bons pour m'aider à la charger ?

– Une voiture ? Ça n'entrera jamais dans une voiture ! Il vous faudrait un camion !

– Je ne crois pas. De toute manière, nous allons voir. Ma voiture est sur la route. J'en ai pour deux secondes. Nous trouverons bien un moyen, j'en suis sûr.

M. Boggis gagna la cour, franchit le portail et

descendit le long sentier qui menait vers la route. Il ne put retenir quelques petits gloussements de satisfaction. C'était comme si des centaines de petites bulles montaient de son ventre pour éclater joyeusement au sommet de sa tête, dans un éclair mousseux. Tous les boutons-d'or des champs, transformés miraculeusement en pièces d'or, étincelaient au soleil. Le sol en était jonché, et il quitta son chemin pour marcher dans l'herbe, au milieu d'elles, pour entendre le petit tintement qu'elles émettaient quand il les frappait du pied. Il eut du mal à s'empêcher de courir. Mais un prêtre, ça ne court jamais. Ça se déplace lentement. « Doucement, Boggis. Ne t'énerve pas. Rien ne presse. La commode est à toi. A toi pour vingt livres, et elle en vaut quinze ou vingt mille ! La commode Boggis ! » Dans dix minutes, il l'aura dans sa voiture – elle y entrera sans difficulté – et il rentrerait à Londres en chantonnant tout au long de la route. M. Boggis emmenant dans sa voiture la COMMODE BOGGIS ! Que ne donnerait un reporter pour en prendre une photo ! Il s'en occuperait peut-être. On verra bien. Oh, jour glorieux ! Quel merveilleux dimanche !

De retour à la ferme, Rummins dit :

– Marrant, ce vieux radis noir qui donne vingt livres pour un rebut pareil.

– Vous vous en êtes bien tiré, monsieur Rummins, dit Claude. Vous croyez qu'il va vous payer ?

– Faut bien. Sans ça, on ne la mettra pas dans la voiture.

– Et si ça n'y entre pas ? demanda Claude. Voulez-vous que je vous dise, monsieur Rummins ? Eh bien, je crois que ce sale truc est trop grand pour entrer dans la voiture. Et alors, qu'est-ce qu'on fait ? Il laissera tomber, il se sauvera et vous ne le reverrez plus jamais. Ni lui ni l'argent. Il n'avait pas l'air tellement mordu, vous savez !

Rummins s'arrêta pour prendre en considération cette alarmante éventualité.

– Comment voulez-vous qu'un machin pareil entre dans une voiture ? reprit Claude, impitoyable. Un curé, ça n'a jamais une grosse voiture. Vous avez déjà vu un curé avec une grosse voiture, monsieur Rummins ?

– Je ne peux pas vous dire…

– Vous voyez bien ! Et maintenant, écoutez-moi, j'ai une idée. Il dit qu'il ne veut que les pieds. Alors, on les coupe sur-le-champ, et quand il sera de retour, ce sera chose faite. Et alors, ça entrera sûrement dans sa voiture, et ça lui évitera de les couper lui-même en arrivant chez lui. Qu'en pensez-vous, monsieur Rummins ?

Une fierté mielleuse illuminait la grosse face bovine de Claude.

– Pas mauvaise, votre idée, fit Rummins en regardant la commode. Elle est même vachement bonne. Alors, on y va, dépêchez-vous. Portez-la dans la cour, vous et Bert. Je vais chercher une scie. Sortez d'abord les tiroirs.

Au bout de deux minutes, Claude et Bert avaient sorti la commode pour la poser tête en bas dans la cour, au milieu de la fiente de poulet, de la bouse de vache et de la boue. Très loin, au fond des champs, on voyait une petite silhouette noire qui longeait le sentier, en direction de la route. Elle avait quelque chose de plutôt comique, cette silhouette. Tantôt elle trottait, tantôt elle sautillait à cloche-pied. Puis elle sursautait, et une fois, les trois hommes crurent entendre des vocalises réjouies leur parvenir faiblement à travers la prairie.

– On dirait qu'il est rond, dit Claude.

Et Bert ricana tandis que son œil trouble remuait dans l'orbite.

Rummins arriva, en pataugeant, du fond des étables, l'air d'un crapaud. Il portait une longue scie. Claude lui prit la scie et se mit au travail.

– Coupez-les bien ras, dit Rummins. N'oubliez pas qu'il veut s'en servir pour sa table.

L'acajou était très dur et très sec et à mesure que Claude maniait la scie, une fine poussière rouge se répandait sur le sol. Un à un, les pieds tombèrent, et lorsqu'ils furent tous sectionnés, Bert se pencha pour les ranger avec soin.

Claude recula pour examiner son œuvre. Il y eut un long, long silence.

– Une question, monsieur Rummins, dit-il lentement. Maintenant, pourriez-vous mettre cet énorme truc à l'arrière d'une voiture ?

– Sûrement pas, si ce n'est pas un fourgon.

– C'est ça ! s'écria Claude. Et un curé, ça n'a pas de fourgon. Ça n'a d'habitude qu'une petite Morris Huit, ou une petite Austin Sept.

– Il ne lui faut que les pieds, dit Rummins. Si le reste n'entre pas, il n'a qu'à le laisser. Il ne pourra pas se plaindre. Il aura les pieds.

– Mais il y a autre chose, monsieur Rummins, dit patiemment Claude. Vous savez bien qu'il va baisser le prix s'il manque le moindre morceau. Un curé, c'est aussi malin que n'importe qui dès qu'il s'agit de ses sous, ne vous y trompez pas. Surtout ce petit vieux-là. Alors, qu'est-ce qu'on attend pour lui faire du bois ? Et puis, on serait quittes ? Vous avez une hache ?

– C'est assez juste, dit Rummins. Bert, va chercher la hache !

Bert s'en fut à l'étable et revint aussitôt avec une grande hache à fendre le bois. Il la tendit à Claude. Ce dernier cracha dans ses mains et les frotta l'une contre l'autre. Puis, d'un long mouvement bien rythmé, il attaqua énergiquement la carcasse sans pieds de la commode.

C'était un rude travail et il lui fallut plusieurs minutes pour mettre tout le meuble en pièces.

– Ça alors ! dit-il en se redressant pour s'éponger le front. Il connaît rudement bien son métier, ce diable de charpentier qui a fait ce truc-là, et je me fiche pas mal de ce qu'en dit le curé !

– Nous avons fini juste à temps ! s'écria Rummins. Le voilà qui arrive !

*Traduit de l'anglais par Élisabeth Gaspar.*

# LE CHAMPION DU MONDE

Nous avions passé toute la journée à préparer le raisin sec, au bureau de la station-service, entre deux clients. Les fruits étaient lourds et gonflés pour avoir trempé longuement dans l'eau, et quand on y pratiquait des entailles avec une lame de rasoir, la gelée se mettait à gicler par la fente.

Mais nous en avions cent quatre-vingt-seize à préparer et, en fin d'après-midi, nous n'avions toujours pas fini.

– Ne sont-ils pas superbes ! s'écria Claude en se frottant les mains. Quelle heure est-il, Gordon ?

– Un peu plus de cinq heures.

Par la fenêtre nous vîmes s'arrêter une fourgonnette devant nos pompes. Une femme tenait le volant. A l'arrière, il y avait huit gosses en train de manger des glaces.

– Faudrait nous remuer un peu, dit Claude. Si nous n'y sommes pas avant le coucher du soleil, tout est fichu, tu comprends ?

Et il prit son petit air inquiet, ce visage rouge aux

yeux saillants, qu'il avait toujours avant une course de
lévriers ou quand il avait rendez-vous avec Clarice.

Nous sortîmes tous les deux et Claude servit la
femme. Puis elle partit et il demeura debout au milieu
de la route pour scruter anxieusement le soleil qui, à
présent, ne se trouvait qu'à une largeur de main au-
dessus des arbres qui couronnaient la colline, à l'autre
bout de la vallée.

– Ça y est, dis-je. On boucle.

Et il alla rapidement d'une pompe à l'autre pour
cadenasser les tuyaux.

Puis il me dit :

– Tu ferais mieux d'ôter ce pull-over jaune.

– Pourquoi ?

– Il est trop voyant. Sous la lune, ça va être comme
un phare.

– Ça ira très bien comme ça.

– Non, dit-il. Enlève-le, Gordon, sois gentil. Nous
nous retrouvons dans trois minutes.

Il disparut dans sa roulotte, derrière la station-service, et je rentrai à mon tour pour changer mon pull-
over jaune contre un bleu.

Quand nous nous retrouvâmes dehors, Claude avait
revêtu un pantalon noir et un chandail vert sombre à
col roulé. Il était coiffé d'une casquette marron dont la
visière lui cachait les yeux.

Il ressemblait à un Apache de cabaret.

– Qu'est-ce que c'est que ça ? lui demandai-je en
désignant une bosse à la hauteur de sa ceinture.

Il souleva son chandail et me montra deux grands

sacs en coton blanc qu'il portait pliés et enroulés autour du ventre.

– Pour ramener le butin, dit-il d'un air sombre.

– Je vois.

– Allons-y, dit-il.

– Ne vaudrait-il vraiment pas mieux prendre la voiture ?

– C'est trop risqué. Ils pourraient la voir stationner par là.

– Mais c'est à plus de trois milles.

– Oui, dit-il. Et nous pouvons attraper six mois de taule si on nous pince.

– Tu ne m'as jamais dit cela !

– Vraiment ?

– Je ne marche pas. Ça ne vaut pas le coup.

– La promenade te fera du bien, Gordon. Viens.

C'était une fin de journée douce et ensoleillée. Quelques touffes de petits nuages blancs éclataient dans le ciel. La vallée était calme et fraîche, tout le long de la prairie qui précédait les collines d'Oxford.

– Tu as le raisin ? demanda Claude.

– Il est dans ma poche.

– C'est parfait.

Au bout de dix minutes, nous quittâmes la route principale pour prendre, à notre gauche, un petit chemin sinueux bordé de grandes haies de chaque côté.

– Combien y a-t-il de gardiens ? demandai-je.

– Trois.

Claude jeta la moitié de sa cigarette. Mais au bout de quelques secondes, il en alluma une autre.

– En principe, je suis plutôt contre les innovations, dit-il. Elles ne sont pas favorables à cette sorte de travail.

– Bien sûr.

– Mais, cette fois-ci, Gordon, eh bien, je crois que ça marchera.

– Tu crois ?

– Il n'y a aucun doute.

– J'espère que tu ne te trompes pas.

– Ça va être une pierre blanche dans l'histoire du braconnage, dit-il. Mais surtout, n'en dis rien à personne, compris ? Parce que, si un jour cela se sait, tout le patelin va faire la même chose et il n'y aura plus de faisans.

– Je sais la fermer.

– Tu devrais être fier de toi, reprit-il. Y a des fortiches qui ont étudié la question pendant des siècles et ils n'ont jamais rien trouvé d'aussi épatant. Pourquoi ne m'en as-tu pas parlé avant ?

– Tu ne m'avais jamais demandé mon avis, dis-je.

Et c'était vrai. En effet, jusqu'à la veille de ce jour, Claude ne m'avait fait de confidences au sujet de cette chose sacrée qu'était le braconnage. Souvent, les soirs d'été, après le travail, je l'avais vu se glisser hors de sa roulotte, la casquette sur la tête, pour disparaître au bout de la route, en direction de la forêt. Et quelquefois, en le guettant par la fenêtre de la station-service, je me surprenais en train de me demander ce qu'il allait faire au juste, et à quelles ruses il avait recours, là-bas, sous les arbres, en pleine nuit. Il rentrait presque toujours très tard, et jamais, au grand jamais, il ne ramenait lui-même son butin. Mais l'après-midi suivant, par on ne sait quel miracle, il y avait toujours un faisan, un lièvre ou un couple de perdrix accroché au mur du hangar, derrière la station-service.

Cet été, il avait été tout particulièrement actif. Il lui était arrivé, ces derniers mois, de sortir le soir quatre, voire cinq fois par semaine. Mais ce n'était pas tout. Car récemment, je crus m'apercevoir que toute son attitude devant le braconnage avait subi un mystérieux changement. Il paraissait plus circonspect à présent, plus tendu et plus taciturne. J'avais l'impression que tout cela n'était plus un jeu pour lui, mais une croisade, une sorte de guerre individuelle qu'il avait déclarée à un ennemi invisible et haï.

Mais qui était cet ennemi ?

Sans en être certain, je soupçonnais qu'il ne pouvait s'agir que de M. Victor Hazel en personne, le propriétaire de la chasse gardée et des faisans. M. Hazel, fabricant de pâtés et de saucisses, était un homme aux manières incroyablement arrogantes. Il était fabuleusement riche et sa propriété s'étendait sur plusieurs milles, des deux côtés de la vallée. C'était un parvenu, antipathique et dépourvu de charme. Il exécrait les personnes de condition modeste qui lui rappelaient son passé et il faisait des efforts surhumains pour se mêler à des gens qu'il croyait dignes de son estime. Il possédait de nombreux chiens, il donnait des parties de chasse, il portait des costumes d'une coupe fantasque et tous les jours de la semaine il passait devant notre station-service au volant d'une énorme Rolls-Royce noire pour se rendre à son usine. Son passage nous donnait quelquefois une vision fugitive de sa grosse figure luisante de boucher, rose comme un jambon, congestionnée par l'excès de charcuterie.

Et pourtant, hier, dans l'après-midi, Claude me dit à brûle-pourpoint :

– Je vais ce soir dans la forêt de Hazel. Je ne vois pas pourquoi tu ne viendrais pas avec moi.

– Comment ?

– C'est ma dernière chance cette année, pour les faisans, dit-il. Samedi prochain, c'est l'ouverture de la chasse, et il ne restera plus que très peu d'oiseaux, par là. Peut-être plus du tout.

– Pourquoi cette invitation, tout à coup ? demandai-je plutôt soupçonneux.

– Pour rien, Gordon. Pas de raison spéciale.

– Y a-t-il du risque ?

Il ne répondit pas.

– Je suppose que tu as caché là-bas un fusil ou quelque chose de ce genre ?

– Un fusil ! s'écria-t-il avec dégoût. On ne tire pas sur les faisans, ne le savais-tu pas ? Au moindre petit coup de pistolet-joujou, les gardiens accourent.

– Alors, comment fais-tu ?

– Ah ! fit-il en baissant mystérieusement les paupières.

Il y eut un long silence. Puis il dit :

– Penses-tu pouvoir la fermer si je te dis quelque chose ?

– Certainement.

– Je n'ai jamais dit ça à personne, Gordon.

– Je suis très honoré, dis-je. Tu peux me faire confiance.

Il tourna la tête pour me fixer de ses yeux pâles. Ils étaient gros, mouillés et bovins, si près de moi que j'y pus voir le reflet de mon propre visage.

– Je vais te dire les trois meilleures manières de braconner le faisan, dit-il. Et comme tu vas être mon invité, c'est à toi de choisir entre les trois. Qu'en penses-tu ?

– C'est une attrape ?

– Ce n'est pas une attrape, Gordon. Je te le jure.

– Bien, vas-y.

– Eh bien, voilà, dit-il. Voici le premier secret. Il se tut pour tirer longuement sur sa cigarette. Les faisans, fit-il à mi-voix, les faisans ADORENT le raisin sec.

– Le raisin sec ?

– Oui, le raisin sec ordinaire. C'est une sorte de manie. Mon père a découvert la chose voilà plus de quarante ans, comme il a découvert les trois méthodes dont je vais te parler.

– Tu m'avais dit que ton père avait été un ivrogne.

– Peut-être bien. Mais il était aussi un grand braconnier, Gordon. Peut-être le plus grand braconnier anglais de tous les temps. Mon père a étudié le braconnage en véritable savant.

– Vraiment ?

– Je pense bien. Tu ne me crois pas ?

– Je te crois.

– Tu sais, mon père avait toujours des tas de jeunes coqs dans sa cour, derrière la maison, rien que pour ses recherches scientifiques.

– Des coqs ?

– Exactement. Et chaque fois qu'il avait une nouvelle idée sur la chasse au faisan, il l'expérimentait d'abord sur un coq, pour voir sa réaction. C'est comme ça qu'il a découvert l'histoire du raisin. Et c'est comme ça qu'il a inventé la méthode du crin.

Claude se tut et jeta un coup d'œil par-dessus son épaule pour s'assurer que personne ne nous écoutait.

– Je vais t'expliquer, dit-il. Tu prends quelques raisins et tu les fais tremper dans de l'eau toute la nuit pour les rendre gros et juteux. Puis tu prends un beau crin bien dur et tu le coupes en petits bouts d'un demi-pouce. Puis tu introduis un bout de crin dans chaque raisin, de sorte qu'il dépasse un peu des deux côtés. Tu me suis ?

– Oui.

– Voyons. Le faisan arrive et mange un raisin. Tu comprends ? Et tu le surveilles, caché derrière un arbre. Alors, que se passe-t-il ?

– J'imagine que ça l'étouffe.

– C'est évident, Gordon. Mais voici une chose stupéfiante. Et c'est ça, la découverte du paternel. Au moment où la chose arrive, l'oiseau est incapable de remuer les pattes. Il demeure cloué là où il est, agite son cou insensé comme un piston, et alors, tout ce qui te reste à faire, c'est sortir tranquillement de ta cachette et l'attraper avec les mains.

– C'est incroyable.

– Je te le jure, dit-il. Après le coup du crin, tu peux tirer sur un faisan à bout portant et il ne bougera même pas. C'est une de ces petites choses inexplicables. Mais il faut avoir du génie pour les découvrir.

Il se tut, le regard plein de fierté, en se souvenant pendant quelques instants de son père, l'incomparable inventeur.

– C'était la méthode numéro un, dit-il. La méthode numéro deux est encore plus simple. Tout ce qu'il te faut est une canne à pêche. Tu garnis l'hameçon d'un raisin et tu pêches le faisan comme un poisson. Tu jettes ta ligne à cinquante mètres environ et tu restes couché à plat ventre dans les buissons en attendant que ça morde. Puis tu le ramènes.

– Je ne crois pas que ce soit l'invention de ton père.

– Les pêcheurs font cela souvent, dit-il, feignant de ne m'avoir pas entendu. Les pêcheurs chevronnés qui n'ont plus le moyen d'aller au bord de la mer aussi souvent qu'ils le voudraient. Ça leur donne l'impression d'y être. L'ennui c'est que c'est un peu bruyant. Il crie comme le diable, le faisan, quand on le ramène, et alors, les gardiens accourent.

– Quelle est la troisième méthode ? demandai-je.

– Ah, fit-il. Le numéro trois, c'est une vraie beauté. C'était la dernière découverte du paternel, avant sa fin.

– Son chef-d'œuvre ?

– Exactement, Gordon. Et je me souviens même du jour, c'était un dimanche matin. Le paternel entre tout à coup dans la cuisine, il tient un grand coq blanc dans les mains et il dit : « Je crois que ça y est. » Il a le sou-

rire, l'œil glorieux, il pose le coq sur la table de la cuisine, puis il dit : « Eh bien, cette fois-ci, elle est au poil. »
« Quoi donc », dit maman, devant son évier, puis :
« Horace, enlève ce sale oiseau de ma table ! » Quant
au coq, il a un drôle de petit chapeau de papier sur la
tête, comme un cornet à glace renversé, et mon père le
montre fièrement du doigt. « Caresse-le, dit-il. Il ne
bougera pas. » Le coq se met à taquiner le chapeau du
bout de sa patte, mais le chapeau a l'air d'être collé à sa
tête, il ne s'en va pas. « Un oiseau, ça ne se sauve plus,
une fois les yeux bandés », dit le paternel, et il se met à
pousser le coq avec ses doigts, histoire de lui faire faire
le tour de la table, mais il n'y fait pas attention, le coq.
« Il est à toi, dit-il en parlant à maman. Tu peux le tuer
et nous le préparer pour dîner, nous allons fêter ma
dernière invention. » Puis il m'a pris par le bras et m'a
emmené faire un tour dans la grande forêt, à l'autre
bout de Haddenham qui appartenait au duc de
Buckingham, et en moins de deux heures, nous avons
pris cinq faisans plus gras les uns que les autres et ça
n'a pas été plus dur que de sortir pour les acheter chez
un marchand.

Claude se tut pour souffler un peu, les yeux dila-
tés, humides et rêveurs en évoquant ce merveilleux
souvenir de son enfance.

– Je ne comprends pas tout à fait bien, dis-je.
Comment a-t-il mis ces chapeaux de papier sur la tête
des faisans ?

– Tu ne devineras jamais.

– Sûrement pas.

– Voilà. Pour commencer, tu creuses un petit trou par terre. Puis tu transformes un morceau de papier en cornet et tu l'enfonces dans le trou, pointe en bas, comme une coupe. Puis tu passes tout l'intérieur de la coupe à la glu et tu y laisses tomber quelques raisins secs. En même temps, tu poses du raisin un peu partout sur le sol pour que le faisan trouve son chemin. Maintenant, l'oiseau remonte la piste en picorant, et quand il arrive au trou, il y plonge la tête pour gober le raisin et le voilà coiffé, il a les yeux sous le chapeau et il n'y voit plus. N'est-ce pas merveilleux comme idée, Gordon ? Qu'en penses-tu ?

– Ton paternel était un génie, dis-je.

– Alors, vas-y. Choisis une méthode pour ce soir.

– Ne penses-tu pas qu'elles sont toutes un peu cruelles ?

– Cruelles ? fit-il, consterné. Oh, mon Dieu ! Et qui a mangé du faisan rôti à l'œil, presque tous les jours, ces derniers six mois ?

Il me tourna le dos et s'éloigna vers la porte de l'atelier. Ma réflexion l'avait visiblement peiné.

– Attends une seconde, dis-je. Ne t'en va pas.

– Veux-tu venir ce soir, oui ou non ?

– Oui, mais il faut d'abord que je te pose une question. Je viens d'avoir une de ces idées…

– Garde-la pour toi, dit-il. Tu n'y connais rien.

– Te souviens-tu de ce flacon de pilules pour dormir que le toubib m'a donné il y a un mois, quand j'avais mon lumbago ?

– Pourquoi ?

– Y a-t-il une raison pour qu'elles n'endorment pas un faisan ?

Claude ferma les yeux et secoua la tête de façon compatissante.

– Attends, lui dis-je.

– Pas la peine de discuter, dit-il. Un faisan n'avalera jamais tes sales capsules rouges. Tu ne pouvais pas trouver mieux ?

– Tu oublies le raisin, dis-je. Écoute-moi. Nous prenons le raisin. Nous le faisons tremper jusqu'à ce qu'il gonfle. Puis nous y pratiquons une toute petite fente avec une lame de rasoir. Nous l'élargissons un peu et puis nous ouvrons une capsule rouge et nous versons la poudre dans le raisin. Ensuite nous prenons du fil et une aiguille pour recoudre soigneusement la fente. Maintenant…

Du coin de l'œil, je voyais la bouche de Claude qui s'ouvrait lentement, de plus en plus grande.

– Voilà, dis-je. Nous avons du beau raisin bien net, farci de deux grains et demi de séconal et maintenant, c'est moi qui vais te dire quelque chose. Cette dose est suffisante pour abrutir un homme ordinaire, alors, pourquoi pas un oiseau ?

Je me tus quelques secondes pour donner plus de poids à mes paroles.

– En plus, si nous procédons de la sorte, nous pouvons opérer en gros. Nous pourrions préparer vingt raisins si nous le désirions et nous n'aurions qu'à les éparpiller au sol au moment du coucher du soleil, et puis nous tirer. Au bout d'une demi-heure, nous revenons et les pilules auront commencé à agir, les faisans perchés sur leurs arbres perdront conscience, ils se mettront à tituber, à ne plus pouvoir se tenir en équilibre. Et bientôt, chaque faisan qui n'aura avalé qu'un seul raisin tombera par terre. Ils tomberont de leurs arbres, mon cher, comme des pommes mûres, et nous n'aurons qu'à venir les ramasser.

Claude me regarda, bouche bée.

– Oh ! Seigneur, fit-il doucement.

– Et nous ne risquons pas de nous faire pincer. Nous n'avons qu'à nous promener au bois et laisser tomber çà et là un peu de raisin. Même en nous surveillant, ils ne remarqueront rien.

– Gordon, dit-il en me posant une main sur le genou. (Ses yeux étaient ronds et brillants comme deux étoiles.) Si ça marche, ça va révolutionner le braconnage.

– Je suis heureux de te l'entendre dire.

– Combien de pilules te reste-t-il ?

– Quarante-neuf. Il y en avait cinquante dans le flacon et je n'en ai pris qu'une.

– Quarante-neuf, c'est insuffisant. Il nous en faudra deux cents au moins.

– Tu es fou ! m'écriai-je.

Il alla vers la porte à pas lents pour s'arrêter en me tournant le dos, les yeux levés au ciel.

– Deux cents, c'est le strict minimum, dit-il calmement. Il n'y a vraiment pas grand-chose à faire si nous n'arrivons pas à les avoir.

Que diable avait-il l'intention de faire ?

– C'est notre dernière chance avant l'ouverture de la chasse, dit-il.

– Impossible d'en trouver davantage.

– Tu ne veux tout de même pas que nous rentrions les mains vides ?

– Mais pourquoi tant que ça ?

Claude tourna la tête et me regarda de ses gros yeux innocents.

– Pourquoi pas ? dit-il doucement. As-tu une objection à faire ?

« Mon Dieu, me dis-je soudain. Ce cinglé veut faire échouer l'ouverture de la chasse de M. Victor Hazel. »

– Tu vas nous trouver deux cents pilules, dit-il, et puis ça vaudra la peine d'en parler.

– Impossible.

– Tu peux toujours essayer.

Chaque année, la fête de M. Hazel avait lieu le 1er octobre. C'était le grand événement de la saison. De riches messieurs en costume de tweed, dont quelques nobles, arrivaient de loin dans leurs belles voitures avec leur porte-fusil, leurs chiens et leur épouse et, toute la journée, le bruit de leurs coups de fusil remplissait la vallée. Les faisans ne manquaient jamais car les forêts étaient systématiquement approvisionnées en jeunes oiseaux, à des prix vertigineux. J'avais entendu dire que l'élevage et l'entretien d'un seul faisan, jusqu'au jour où il se trouve en état d'être tué, coûtait bien plus de cinq livres (prix approximatif de deux cents miches de pain). Mais pour M. Hazel, cela valait bien son prix. Il devenait, bien que pour quelques heures seulement, un personnage de première importance dans ce petit monde, et même le lord lieutenant lui donnait une tape sur l'épaule en essayant de se rappeler son petit nom, en prenant congé.

– Qu'est-ce que ça donnerait si nous réduisions un peu la dose ? demanda Claude. Ne pourrions-nous pas partager le contenu d'une capsule entre quatre raisins ?

– Je crois que c'est possible.

– Mais un quart de capsule, est-ce suffisant pour un oiseau ?

Il avait vraiment du nerf, ce garçon. Il était déjà assez dangereux de braconner un seul faisan dans cette forêt à ce moment de l'année, et le voilà qui n'hésitait pas à envisager de faire table rase.

– Un quart suffira, je crois, dis-je.

– En es-tu sûr ?

– Calcule toi-même. Ça va au poids. Tu leur donnes toujours vingt fois plus qu'il ne faut.

– Alors, nous allons partager la dose, dit-il en se frottant les mains.

Il se tut un instant pour calculer. Puis il déclara :

– Nous allons avoir cent quatre-vingt-seize raisins !

– As-tu une idée du travail que cela représente ? dis-je. Nous mettrons de longues heures à les préparer.

– Qu'à cela ne tienne ! s'écria-t-il. Nous allons remettre la chose à demain. Il faudra laisser tremper le raisin toute la nuit, et puis nous aurons la matinée et l'après-midi pour faire le travail.

Et c'est précisément ce que nous fîmes.

A présent, c'est-à-dire vingt-quatre heures plus tard, nous étions en route. Nous avions marché ferme pendant quarante minutes environ et nous approchions de l'endroit où le chemin tournait à droite pour suivre la crête de la colline, en direction de la vaste forêt où vivaient les faisans. Il nous restait encore un mille à parcourir.

– Je suppose que ces gardiens ne sont pas armés ? demandai-je.

– Tous les gardiens ont des fusils, dit Claude.

J'eus un petit sursaut.

– C'est surtout pour les bêtes puantes.

– Ah !

– Naturellement, il n'y a pas de raison pour qu'ils ne tirent pas sur un braconnier, de temps en temps.

– Tu plaisantes ?

– Pas du tout. Mais ils ne tirent que dans le dos. Et seulement au moment où tu te sauves. Ils aiment bien viser les jambes, à cinquante mètres.

– Ils n'ont pas le droit ! m'écriai-je. C'est un crime !

– Le braconnage aussi, dit Claude.

Nous marchâmes en silence. La grande haie, à notre droite, nous cachait le soleil et le chemin était à l'ombre.

– Tu peux t'estimer heureux que cela ne se passe pas comme il y a trente ans, poursuivit Claude. Alors ils tiraient dès qu'ils apercevaient quelqu'un.

– C'est vrai ?

– Je le sais, dit-il. Souvent, la nuit, quand j'étais

gosse, j'allais à la cuisine pour voir le paternel, à plat ventre sur la table, puis maman qui était en train de lui sortir la mitraille des fesses, avec un couteau à éplucher les pommes de terre.

– Tais-toi, dis-je. Tu m'énerves.

– Tu ne me crois pas ?

– Si, je te crois.

– Vers la fin, il était tout couvert de petites cicatrices blanches. On aurait dit de la neige.

– Oui, dis-je.

– On appelait ça le Cul de Braconnier, dit Claude. Et au village, tout le monde l'avait, d'une manière ou d'une autre. Mais mon paternel, lui, c'était le champion.

– Qu'il repose en paix, dis-je.

– Que diable n'est-il pas avec nous maintenant, dit Claude, l'air rêveur. Il aurait donné n'importe quoi pour marcher avec nous ce soir.

– Je lui céderais volontiers ma place, dis-je.

Nous avions atteint le sommet de la colline et la forêt s'étalait devant nous, sombre et épaisse à la lueur dorée du soleil couchant.

– Il vaudra mieux que tu me passes le raisin, dit Claude.

Je lui passai le sac et il le glissa dans la poche de son pantalon.

– Pas un mot pendant que nous sommes à l'intérieur, dit-il. Suis-moi et tâche de ne pas faire craquer les branches.

Au bout de cinq minutes, nous y étions. Le chemin

qui contournait le bois ne s'en trouvait séparé que par une petite haie. Claude se glissa à travers cette haie, à quatre pattes, et je suivis son exemple.

Il faisait frais et noir dans la forêt. Le soleil semblait n'y entrer pas du tout.

– C'est lugubre, dis-je.

– Pssst !

Claude paraissait très tendu. Il marchait devant moi en levant haut les pieds pour les reposer avec douceur sur le sol humide. Il ne cessait de promener son regard de gauche à droite, guettant l'ennemi. J'essayai de l'imiter, mais au bout d'un moment, je commençai à voir des gardiens un peu partout et j'y renonçai.

Puis une vaste tache de ciel apparut au-dessus de nous, en haut de la forêt. Je savais que c'était la clairière dont Claude m'avait parlé. C'était l'endroit où l'on introduisait les jeunes oiseaux dans la forêt au début du mois de juillet. C'est là que les gardiens les nourrissaient, les soignaient. Beaucoup d'entre eux y demeuraient jusqu'à l'ouverture de la chasse.

– Il y a toujours plein de faisans dans la clairière, m'avait dit Claude.

– Et plein de gardiens, je suppose.

– Oui, mais les buissons sont épais, ça arrange les choses.

Nous avancions à petits bonds, à quatre pattes, d'un arbre à l'autre, pour nous arrêter, pour écouter, pour nous remettre à ramper. Puis nous nous trouvâmes agenouillés devant un aulne touffu, juste en bordure de la clairière. Claude avait un large sourire. Il me donna un coup de coude dans les côtes, puis me montra du doigt les faisans, à travers les branches.

L'endroit était plein à craquer d'oiseaux. Ils étaient au moins deux cents et ils se pavanaient entre les troncs d'arbres.

– Tu les vois ? chuchota Claude.

C'était un spectacle étonnant, on eût dit le rêve d'un braconnier devenu réalité. Et si près de nous ! Quelques-uns n'étaient qu'à dix pas de l'endroit où nous nous tenions à genoux. Les faisanes étaient rondes, d'un brun crémeux, si grasses que le plumage de leur poitrine frôlait le sol quand elles se déplaçaient. Mais les faisans mâles étaient sveltes et beaux avec leur longue queue et leurs taches rouges autour des yeux comme des lunettes écarlates. Je regardai Claude. Sa grosse face bovine était comme transfigurée, la bouche entrouverte, les yeux vitreux.

Je crois que tous les braconniers réagissent à peu près de la même façon. Ils sont comme des femmes devant une vitrine de joaillier pleine d'énormes émeraudes. La seule différence, c'est que les femmes ont beaucoup moins de dignité dans les procédés auxquels elles ont recours pour s'approprier l'objet de leurs rêves. Le Cul de Braconnier, cela n'est rien, comparé à ce qu'une femme est prête à endurer.

– Ah, ah ! dit doucement Claude. Tu vois le gardien ?

– Où ?

– De l'autre côté, près du grand arbre. Fais attention.

– Mon Dieu !

– Ça va. Il ne nous voit pas.

Accroupis au sol, nous ne quittions pas des yeux le petit homme porteur d'une casquette et d'un fusil. Il était immobile comme un mannequin.

– Sauvons-nous, dis-je à voix basse.

Le visage du gardien était à l'ombre de la visière de sa casquette, mais j'avais l'impression qu'il nous regardait.

– Je ne resterai pas ici, dis-je.

– Silence, répondit Claude.

Lentement, les yeux toujours fixés sur le gardien, il mit une main dans sa poche et en sortit un raisin. Il le mit dans le creux de sa main droite, puis, rapidement, il le lança haut en l'air. Je le suivis des yeux tandis qu'il s'envolait par-dessus les buissons et je le vis atterrir près d'un vieux tronc d'arbre où deux faisanes se tenaient côte à côte. La chute du raisin leur fit tourner brusquement la tête. Puis l'une d'elles fit un bond et l'on aurait dit qu'elle piquait rapidement quelque chose par terre. Ce devait être cela.

Je jetai un coup d'œil en direction du gardien. Il n'avait pas bougé.

Claude jeta alors un second raisin dans la clairière. Puis un troisième, un quatrième et un cinquième.

C'est alors que le gardien nous tourna le dos pour surveiller le côté opposé de la forêt.

Le temps d'un éclair, Claude sortit le sac de papier de sa poche et remplit de raisin le creux de sa main droite.

– Arrête, lui dis-je.

Mais déjà, d'un large mouvement du bras, il lança

toute la poignée par-dessus les buissons, en plein milieu de la clairière.

En tombant, le raisin fit un très léger bruit, comme des gouttes de pluie sur des feuilles sèches et tous les faisans devaient l'avoir entendu. Ce fut tout un remue-ménage de battements d'ailes et de coups de bec, à la recherche du trésor.

La tête du gardien pivota comme s'il avait un ressort à l'intérieur du cou. Les oiseaux picoraient le raisin comme des fous. Le gardien fit deux pas en avant et, pendant une seconde, je crus qu'il viendrait vers nous. Mais il s'arrêta aussitôt, leva la tête et ses yeux firent rapidement le tour du périmètre de la clairière.

– Suis-moi, chuchota Claude. Et ne te relève pas.

Il se mit en marche, toujours à quatre pattes, comme une espèce de singe. Je le suivis. Il avait le nez près du sol tandis que son gros derrière sillonnait l'air. Ce qui me permit de comprendre sans difficulté comment le Cul de Braconnier était devenu la maladie professionnelle de cette confrérie.

Nous fîmes ainsi près de cent mètres.

– Maintenant, on court, dit Claude.

Nous sautâmes sur nos pieds pour nous mettre à courir, et au bout de quelques minutes, nous retrouvions la belle sécurité du chemin et son ciel bien ouvert.

– Ça a marché à merveille, dit Claude, tout essoufflé. Tu ne trouves pas ?

Sa grosse figure rouge brillait triomphalement.

– C'est fichu, dis-je.

– Quoi ? cria-t-il.

– Naturellement. Impossible de retourner là-bas. Le gardien sait que quelqu'un est passé par là.

– Il ne sait rien, dit Claude. Dans cinq minutes il fera noir comme dans un four et il va mettre les bouts pour aller dîner.

– Je crois que je vais l'imiter.

– Tu es un grand braconnier, dit Claude.

Il s'assit sur un banc moussu, sous la haie, et alluma une cigarette.

Le soleil avait disparu et le ciel était gris fumée et légèrement doré. Derrière nous, la forêt devint gris sombre, puis noire.

– Ça met combien de temps à agir, ton somnifère ? demanda Claude.

– Regarde, dis-je. Il y a quelqu'un.

L'homme avait surgi en silence à trente mètres de nous, se découpant sur le ciel sombre.

– Encore un de ces maudits gardiens, dit Claude.

Le gardien descendit le chemin pour venir vers nous. Il avait un fusil de chasse sous le bras et il était flanqué d'un grand chien noir. A quelques pas de nous, il s'arrêta et le chien s'arrêta aussi pour rester à l'arrière-plan et pour nous épier à travers l'écart des jambes du gardien.

– Bonsoir, dit Claude d'une voix amicale.

Le bonhomme était grand et osseux. La quarantaine, l'œil vif, la mâchoire dure et de grandes mains redoutables.

– Je vous connais, dit-il doucement en approchant. Je vous connais tous les deux.

Claude ne répondit pas.

– C'est vous les pompistes, pas vrai ? (Ses lèvres minces et sèches étaient couvertes d'une sorte de croûte sombre.) C'est vous Cubbage et Hawes, les pompistes de la route nationale. Pas vrai ?

– On joue au jeu des vingt questions ? demanda Claude.

Le gardien émit un gros crachat que je vis atterrir dans la poussière à six pouces des pieds de Claude. On aurait dit une petite huître.

– Allons, filez, dit l'homme. Et en vitesse !

Mais Claude resta assis en fumant sa cigarette, les yeux fixés sur le crachat.

– Allons, dit l'homme. Sortez d'ici.

Quand il parlait, sa lèvre supérieure découvrait la gencive et une rangée de dents ternes dont une toute noire et les autres brunâtres.

– Il se trouve que c'est un chemin public, dit Claude. Ayez la gentillesse de nous laisser en paix.

Le gardien changea son fusil d'épaule.

– Vous êtes en train de rôder, dit-il. C'est louche, ça. Je pourrais vous emmener si je voulais.

– Non, vous ne pouvez pas, dit Claude.

Tout cela me rendit plutôt nerveux.

– Je vous ai déjà rencontré par ici, vous ! dit le gardien en regardant Claude.

– Il se fait tard, dis-je alors. On s'en va ?

Claude éteignit sa cigarette et se leva lentement.

– Bien, dit-il. Allons-y.

Nous descendîmes le chemin par où nous étions venus, laissant le gardien derrière nous, dans le noir.

– C'est le gardien-chef, dit Claude. Il s'appelle Rabbetts.

– Que le diable l'emporte, dis-je.

– Viens, entrons ici, dit Claude.

Il y avait une petite porte à notre gauche. Elle donnait sur un champ et nous entrâmes pour nous asseoir derrière la haie.

– M. Rabbetts est pressé de dîner, dit Claude. Ne t'inquiète pas.

Nous restâmes tranquillement assis derrière la haie en attendant le passage du gardien. Dans le ciel, quelques étoiles firent leur apparition et la lune, blanche et presque pleine, venait de se lever au-dessus de la crête, à l'est.

– Le voici, chuchota Claude. Ne bouge pas.

Le gardien monta le chemin à pas lents et le chien trottait à ses côtés. Nous les regardâmes passer par la trouée de la haie.

– Il ne reviendra pas ce soir, dit Claude.

– Qu'en sais-tu ?

– Un gardien ne t'attend jamais dans la forêt s'il connaît ton adresse. Il va devant chez toi pour te voir rentrer.

– C'est plus grave.

– Non, ça ne fait rien si tu laisses ton butin chez quelqu'un d'autre, en chemin. Comme ça il ne peut rien contre toi.

– Et l'autre, celui de la clairière ?

– Il est parti aussi.

– Ce n'est pas sûr.

– J'ai étudié le va-et-vient de ces salauds pendant de longs mois. Je connais leurs habitudes. Il n'y a aucun danger.

C'est à contrecœur que je le suivis dans la forêt. Il faisait noir comme dans un four. Tout était très calme et l'écho du bruit que faisaient nos pas semblait nous revenir de toutes parts, comme si nous nous promenions dans une cathédrale.

– C'est par ici que nous avons semé le raisin, dit Claude.

Je me mis à scruter les buissons. La clairière s'étalait devant nous, vague et laiteuse au clair de lune.

– Es-tu sûr que le gardien est parti ?

– J'en ai la certitude.

C'est tout juste si j'apercevais le visage de Claude sous la visière de sa casquette. Ses lèvres blanches, ses grosses joues pâles et ses yeux bien ouverts où dansaient des étoiles.

– Sont-ils perchés ?

– Oui.

– Où ça ?

– Un peu partout. Ils ne vont jamais loin.

– Qu'allons-nous faire maintenant ?

– Rester ici et attendre. J'ai apporté de la lumière, ajouta-t-il en me passant une de ces petites lampes de poche en forme de stylo. Tu pourrais en avoir besoin.

Je commençai à me sentir mieux.

– Ne pourrions-nous pas essayer de les voir perchés sur leurs arbres ? dis-je.

– Non.

– J'aimerais bien voir de quoi ils ont l'air quand ils sont perchés.

– Nous ne sommes pas à l'école, dit Claude. Tiens-toi tranquille.

Et nous restions debout en attendant que quelque chose arrive.

– Il me vient une vilaine idée, dis-je. Si un oiseau peut se tenir en équilibre sur une branche en dormant, je ne vois pas pourquoi les pilules le feraient tomber.

Claude me jeta un bref regard.

– Après tout, dis-je, il n'est pas mort. Il dort seulement.

– Il est drogué, dit Claude.

– Mais ce n'est qu'un sommeil plus profond. Pourquoi faut-il s'attendre à ce qu'il tombe, simplement parce qu'il dort plus profondément ?

Il y eut un morne silence.

– On l'a essayé avec des poulets, dit Claude. Mon père y a pensé.

– Ton père était un génie, dis-je.

C'est alors que le bruit d'une chute nous parvint du bois.

– Hé !

– Chut !

Nous tendîmes l'oreille.

Boum !

– Voilà un autre !

Ce fut un coup sourd comme si un sac de sable venait de tomber d'une hauteur d'épaule d'homme.

Boum !

– Ce sont bien eux ! m'écriai-je.

– Attends !

– J'en suis sûr !

Boum ! Boum !

– Tu as raison.

Nous réintégrâmes le bois en courant.

– Où était-ce ?

– Par ici ! Il y en avait deux !

– J'aurais dit par là plutôt.

– Regarde bien ! fit Claude. Ils ne peuvent pas être loin.

Nous passâmes une bonne minute à chercher.

– En voilà un ! fit-il.

Quand je le rejoignis, il tenait entre ses mains un faisan mâle superbe. Nous nous mîmes à l'examiner de près avec nos lampes de poche.

– Il est ivre drogué, dit Claude. Il est vivant, je sens son cœur, mais il est complètement dopé.

Boum !

– Encore un !

Boum ! Boum !

– Encore deux !

Boum !

Boum ! Boum ! Boum !

– Seigneur !

Boum ! Boum ! Boum ! Boum !

Boum ! Boum !

Autour de nous, les faisans s'étaient mis à pleuvoir des arbres. Fiévreusement, nous fouillâmes le sol avec nos lampes de poche.

Boum ! Boum ! Boum ! Ces derniers, je faillis les recevoir sur la tête. Je me trouvais sous l'arbre lorsqu'ils s'abattirent et je les ramassai aussitôt – deux faisans et une faisane. Ils étaient tout mous et tout chauds et leur plumage était merveilleusement doux au toucher.

– Où faut-il que je les mette ? m'écriai-je en les tenant par les pattes.

– Pose-les là, Gordon ! Là où il y a de la lumière.

Claude se tenait debout au bord de la clairière, baigné de clair de lune, un gros bouquet de faisans dans chaque main. Son visage était radieux, ses yeux immenses et émerveillés. Il regardait autour de lui comme un enfant qui vient de découvrir que le monde entier est fait de chocolat.

Boum !

Boum ! Boum !

– Ça ne me plaît pas, dis-je. Il y en a trop.

– C'est magnifique, cria Claude.

Et il laissa tomber les oiseaux qu'il tenait dans les mains pour courir en ramasser d'autres.

Boum ! Boum ! Boum ! Boum !

Boum !

A présent, ils étaient faciles à trouver. Il y en avait un ou deux sous chaque arbre. J'en réunis six à la hâte, trois dans chaque main, puis je revins en courant pour les déposer près des autres. Puis encore six. Et encore six autres.

Et ils tombaient toujours. Claude était maintenant comme dans un tourbillon, il se démenait follement sous les arbres comme un fantôme en extase. Je voyais le rayon de sa lampe de poche onduler dans le noir et chaque fois qu'il découvrait un oiseau, il poussait un petit hurlement de triomphe.

Boum ! Boum ! Boum !

– Si le gros Hazel entendait ça ! s'écria-t-il.

– Ne gueule pas, dis-je. Tu me fais peur.

– Qu'est-ce que tu dis ?

– Ne gueule pas ! Il y a peut-être des gardiens.

– Fiche-moi la paix avec tes gardiens ! Ils sont en train de manger !

Pendant quelques minutes encore, il y eut d'autres chutes de faisans. Puis soudain, elles cessèrent.

– N'arrête pas de chercher ! hurla Claude. Y en a encore plein par terre !

– Ne crois-tu pas qu'il vaudrait mieux sortir d'ici ?

– Non, dit-il.

Nous nous remîmes à chercher sous tous les arbres, tout autour de la clairière, au nord, au sud, à l'est et à l'ouest. A la fin, nous en avions rassemblé un tas impressionnant, grand comme un feu de joie.

– C'est un miracle, répétait Claude. Un sacré miracle.

Il avait l'air d'être en transe.

– Vaudrait mieux qu'on en attrape une douzaine chacun et qu'on se sauve vite, dis-je.

– Je voudrais les compter, Gordon.

– On n'a pas le temps.

– Il faut que je les compte.

– Non, dis-je. Viens.

– Un… deux… trois… quatre…

Il s'était mis à les compter très consciencieusement en attrapant chaque oiseau pour le déposer de l'autre côté, la lune était maintenant juste au-dessus de nous et toute la clairière baignait dans une lumière éclatante.

– Je n'aime pas traîner ici comme ça, dis-je.

Je fis quelques pas en arrière pour m'abriter à l'ombre en attendant qu'il ait fini.

– Cent dix-sept… cent dix-huit… cent dix-neuf… cent vingt ! cria-t-il. Cent vingt oiseaux ! C'est le record de tous les temps !

Je n'en doutais pas une seconde.

– Le paternel n'a jamais pu en avoir plus de quinze en une nuit, c'était le maximum. Et après, il ne dessoûlait pas pendant huit jours !

– C'est toi le champion du monde, dis-je. Es-tu prêt maintenant ?

– Une minute, répondit-il.

Puis il souleva son chandail et en sortit les deux grands sacs de coton blanc.

– Voici le tien, dit-il, et il m'en tendit un. Remplis-le vite.

La lune avait tant d'éclat que je pus lire sans peine ce qui était imprimé sur le sac : « J. W. Crump, Keston Flour mills, London S. W. 17. »

– Es-tu sûr que le type aux dents noires n'est pas en train de nous épier derrière un arbre ?

– C'est impossible, dit Claude. Il nous attend en bas, à la station-service, comme je te l'ai dit.

Nous nous dépêchâmes de fourrer les faisans dans les deux sacs. Ils étaient doux sous la main, ils avaient le cou flasque et la peau, sous le plumage, était toujours chaude.

– Il y a un taxi qui nous attend sur le chemin, dit Claude.

– Quoi ?

– Je rentre toujours en taxi, Gordon, ne le savais-tu pas ?

– Non.

– Un taxi, c'est neutre, dit Claude. Personne, à l'exception du chauffeur, ne sait qui se trouve à l'intérieur. C'est le paternel qui m'a appris ça.

– Quel chauffeur ?

– Charlie Kinch. Il n'est que trop content de me rendre service.

Nous finîmes de remplir nos sacs. Puis nous les prîmes sur nos épaules pour nous frayer un chemin, à travers l'obscurité, vers la sortie du bois.

– Je ne vais pas porter ça jusqu'au village, dis-je. J'ai soixante oiseaux dans mon sac, ça va chercher dans les cent livres.

– Charlie ne m'a jamais posé un lapin, dit Claude.

Nous arrivâmes à l'orée du bois pour scruter le chemin par la haie. Très doucement, Claude dit :

– Charlie !

Et alors le vieil homme, au volant de son taxi garé à cinq mètres de là, passa la tête par la fenêtre au clair de lune et nous envoya un sourire édenté. Nous nous glissâmes à travers la haie en traînant nos sacs derrière nous.

– Holà ! dit Charlie. Qu'est-ce que c'est que ça ?

– Des choux, dit Claude. Ouvre ta porte !

Deux minutes plus tard, nous étions en sécurité à l'intérieur du taxi qui descendait lentement la colline en direction du village.

C'était fini et c'était le triomphe. Claude éclatait de fierté et d'émotion. Penché en avant, il ne cessait de donner des tapes sur l'épaule de Charlie Kinch en disant :

– Qu'en penses-tu, Charlie ?

Et Charlie ne cessait de jeter des coups d'œil en arrière, sur les deux gros sacs tout bombés qui gisaient sur le sol entre nous, en répétant :

– Seigneur, comment as-tu fait ce coup ?

– Il y a six couples pour toi, Charlie, dit Claude.

Et Charlie répondit :

– Je suppose que le faisan va être rare, à la fête de M. Victor Hazel.

Et Claude dit :

– C'est bien ce que je pense, Charlie.

– Que diable vas-tu faire de tes cent vingt faisans ? demandai-je.

– Les mettre au frigo pour l'hiver, répondit Claude. Avec la pâtée des chiens.

– Pas ce soir, j'espère ?

– Non, Gordon, pas ce soir. Ce soir, nous les laisserons chez Bessie.

– Bessie ?

– Bessie Organ.

– Bessie Organ ?

– Bessie me donne toujours un coup de main, ne le savais-tu pas ?

– Je ne sais rien de rien, dis-je, complètement abasourdi.

Il s'agissait de la femme du révérend Jack Organ, le vicaire du village.

– Il faut toujours choisir une femme respectable pour ce genre de choses, déclara Claude. N'est-ce pas, Charlie ?

– Bessie est une chic fille, dit Charlie.

Nous traversions maintenant le village. Les rues étaient éclairées et les gens sortaient des bistrots pour regagner leurs maisons. J'aperçus Will Prattley, le marchand de poissons, qui rentrait tranquillement par la petite porte de sa boutique et je vis en même temps la tête de sa femme qui, sans être vue par lui, l'épiait par la fenêtre.

– Le vicaire a un faible pour le faisan rôti, dit Claude.

– Il le laisse accroché dix-huit jours, dit Charlie. Puis il le secoue très fort et toutes les plumes fichent le camp.

Le taxi tourna à gauche et entra dans la cour du presbytère. Tout y était noir et nous ne rencontrâmes personne. Nous jetâmes les faisans dans un débarras, au fond de la cour, puis nous prîmes congé de Charlie Kinch pour rentrer chez nous à pied au clair de la lune, les mains vides. Je ne sais pas si M. Rabbetts était au rendez-vous. Nous ne trouvâmes rien de suspect à signaler.

– La voilà qui s'amène, me dit Claude le lendemain matin.

– Qui ?

– Bessie – Bessie Organ.

Il prononça le nom avec orgueil, comme un général qui parle du plus brave de ses officiers.

Il sortit et je le suivis.

– Là, dit-il en montrant du doigt une petite silhouette, très loin sur la route, et qui s'avançait dans notre direction.

– Qu'est-ce qu'elle pousse ? demandai-je.

Claude me lança un regard malicieux.

– Il n'y a qu'une seule cachette possible, déclara-t-il. C'est sous le bébé.

– Oui, murmurai-je, oui, bien sûr.

– Dans cette poussette, il y a le petit Christopher Organ, dix-huit mois. C'est un gosse adorable, Gordon.

Je ne pus distinguer qu'un petit bout de bébé trônant très haut dans sa poussette dont la capote était baissée.

– Il y a au moins soixante ou soixante-dix faisans sous ce gosse, dit Claude, tout joyeux. Imagine un peu !

– On ne peut pas mettre soixante ou soixante-dix faisans dans une poussette !

– On le peut si la poussette est assez profonde, si on enlève le matelas et si le paquet est bien serré. On met tout juste un drap par-dessus. Tu seras étonné quand tu verras comme ça prend peu de place, un faisan ramolli.

Debout devant nos pompes, nous attendions l'arrivée de Bessie Organ. C'était un lourd matin de septembre, le ciel était sombre et il y avait de l'orage dans l'air.

— Elle a traversé le patelin sans sourciller, dit Claude. Chère vieille Bessie.

— On dirait qu'elle est plutôt pressée.

Claude alluma une nouvelle cigarette avec le bout de la précédente.

— Bessie n'est jamais pressée, dit-il.

— Ce qui est sûr, c'est qu'elle ne marche pas d'un pas normal, dis-je. Regarde-la.

Il la lorgna à travers la fumée de sa cigarette. Puis il sortit la cigarette de sa bouche pour regarder encore.

— Eh bien ? dis-je.

— On dirait qu'elle marche un peu vite, fit-il, l'air incertain.

— Elle marche drôlement vite.

Il y eut un silence. Claude ne quittait plus des yeux la femme sur la route.

— Peut-être a-t-elle peur de la pluie, Gordon. Oui, je suis sûr que c'est ça. Elle pense qu'il va pleuvoir et elle ne veut pas que la pluie mouille le petit.

— Pourquoi ne lève-t-elle pas la capote ?

Il ne répondit pas.

— Elle court ! m'écriai-je. Regarde !

Et c'était vrai. Bessie s'était mise à courir comme un zèbre.

Toujours immobile, Claude guettait la femme. Et dans le silence qui suivit, je crus entendre les cris perçants du bébé.

– Qu'est-ce qui se passe ?

Il ne répondit pas.

– C'est le petit qui a quelque chose, dis-je. Écoute.

Bessie se trouvait alors à près de deux cents mètres de nous. Elle courait de plus en plus vite.

– Tu l'entends ?

– Oui.

– Il gueule.

La petite voix stridente grossissait de seconde en seconde, frénétique, obstinée, presque hystérique.

– Il fait une crise, déclara Claude.

– Je le crois.

– C'est pour ça qu'elle court, Gordon. Elle veut arriver le plus vite possible pour le passer à l'eau froide.

– Tu as sûrement raison, dis-je. Mais écoute un peu ce bruit.

– Je me demande ce qu'il peut avoir si ce n'est pas une crise.

– Oui, c'est bien cela.

Claude s'agitait, mal à l'aise, sur le gravier.

– Des milliers de choses peuvent arriver tous les jours à un bébé, dit-il.

– Bien sûr.

– J'en ai connu un qui a eu les doigts sectionnés par les rayons d'une roue de poussette. Il les a tous perdus.

– Oui.

– Quoi que ce soit, dit Claude, je souhaite ardemment qu'elle cesse de courir.

Un grand camion chargé de briques surgit derrière Bessie. Le camionneur ralentit, intrigué, et passa la tête par la fenêtre. Bessie n'en tint pas compte et accéléra encore. A présent, elle était si près de nous que je pus voir sa grosse figure rouge, sa bouche ouverte, à bout de souffle. Je remarquai qu'elle portait des gants blancs, précieux et endimanchés, et un petit chapeau blanc assorti, perché sur sa tête comme un champignon.

Soudain, du fond de la poussette, s'envola un énorme faisan.

Le bonhomme du camion, à côté de Bessie, éclata de rire.

Un peu étourdi pendant quelques secondes, le faisan battit des ailes. Puis il prit le large pour atterrir sur le gazon, en bordure de la route.

Un fourgon d'épicier vint derrière le camion et corna impatiemment. Bessie, imperturbable, poursuivit sa course.

Puis, – hop ! – un autre faisan s'envola de la poussette.

Puis un troisième, un quatrième, un cinquième.

– Mon Dieu ! dis-je. Les pilules ! Ils se réveillent !

Claude ne dit rien.

Bessie couvrit les derniers cinquante mètres à pas de géant pour s'arrêter, chancelante, devant la station-service tandis que les oiseaux s'échappaient de la poussette pour s'envoler aux quatre vents.

– Qu'est-ce que c'est que cette histoire ? cria-t-elle.

– Ne restez pas ici ! hurlai-je. Ne restez pas ici !

Mais elle fonça tout droit vers la première pompe et avant même que nous l'ayons rejointe, elle avait saisi dans ses bras le bébé qui beuglait.

– Non ! Non ! cria Claude en courant au-devant d'elle. Ne sortez pas le petit ! Remettez-le dans la poussette ! Maintenez le drap !

Mais elle ne l'écoutait même pas et, une fois délivré du poids de l'enfant, un énorme nuage de faisans jaillit de la poussette.

Ils étaient au moins cinquante ou soixante. Tout le ciel, au-dessus de nous, venait de se remplir de grands oiseaux bruns qui battaient furieusement des ailes.

Claude et moi, nous nous mîmes alors à courir à gauche et à droite sur la route, en agitant les bras pour chasser les oiseaux loin des parages, en criant :

– Allez ! Allez ! Décampez ! Vite !

Mais ils étaient encore trop étourdis pour pouvoir nous obéir et, au bout de quelques secondes, ils furent de retour pour assiéger ma station-service comme un essaim de sauterelles. Tout était plein d'eux. Ils étaient assis, aile contre aile, sur le rebord de toit et sur le dais de ciment qui surplombait les pompes. Une douzaine au moins s'étaient juchés sur la barre d'appui de la fenêtre. Quelques-uns avaient pris d'assaut le châssis où je gardais mes bidons d'huile et d'autres avaient pris place sur le capot de mes voitures d'occasion. Un faisan mâle, à la queue superbe, était perché majestueusement au sommet d'une pompe à pétrole et un grand nombre, ceux qui étaient encore trop dopés pour voler, avaient occupé la route pour se lisser les plumes en clignant des yeux.

Un barrage de voitures venait de se former sur la route derrière le camion à briques et la voiture de l'épicier. Des portières s'ouvrirent et des gens s'approchèrent pour voir ce qui se passait. Je consultai ma montre. Il était neuf heures moins vingt.

A chaque instant, une grosse voiture pouvait passer en provenance du village, et cette voiture serait une Rolls, et au volant, il y aurait un énorme visage luisant de boucher, celui de M. Victor Hazel, fabricant de pâtés et de saucisses.

– Ils ont failli le déchiqueter ! gémit Bessie en serrant le bébé hurlant contre sa poitrine.

– Rentrez chez vous, Bessie, dit Claude.

Son visage était tout blanc.

– On ferme, dis-je. Sors la pancarte. Nous sommes partis pour la journée.

*Traduit de l'anglais par Élisabeth Gaspar.*

# TABLE DES MATIÈRES

Le Connaisseur 7

Madame Bixby
et le manteau du Colonel 28

Un beau dimanche 52

Le Champion du monde 87

## ROALD DAHL
### L'AUTEUR

Roald Dahl est né au pays de Galles en 1916. Avide d'aventures, il part pour l'Afrique à l'âge de dix-huit ans et travaille dans une compagnie pétrolière avant de s'engager comme pilote de chasse dans la Royal Air Force, pendant la Seconde Guerre mondiale. Il échappe de peu à la mort, son avion s'étant écrasé au sol. A la suite de cet accident, Roald Dahl se met à écrire. Mais c'est seulement en 1960, après avoir publié pendant quinze ans des livres pour adultes qu'il débute dans la littérature pour la jeunesse avec *James et la grosse pêche*, suivi de *Charlie et la chocolaterie*, des *Deux Gredins*, de *La Potion magique de Georges Bouillon*, de *Sacrées sorcières*... des histoires cocasses à l'humour féroce, toujours captivantes.

Il aimait bien travailler dans son jardin, lieu propice à son inspiration. Roald Dahl est mort en 1990.

**Du même auteur chez Gallimard Jeunesse**

*Fantastique Maître Renard*, Folio Cadet n° 131
*La Girafe, le pélican et moi*, Folio Cadet n° 278
*Le Doigt magique*, Folio Cadet n° 185
*Les Minuscules*, Folio Cadet n° 289
*Un amour de tortue*, Folio Cadet n° 232
*Un conte peut en cacher un autre*, Folio Cadet n° 313

*Charlie et la chocolaterie*, Folio Junior n° 446
*Charlie et la chocolaterie (pièce pour enfants)*,
Folio Junior théâtre n° 1235
*Charlie et le grand ascenseur de verre*, Folio Junior n° 65
*Coup de gigot et autres histoires à faire peur*,
Folio Junior n° 1181
*Escadrille 80*, Folio Junior n° 418
*James et la grosse pêche*, Folio Junior n° 517
*James et la grosse pêche (pièce pour enfants)*,
Folio Junior théâtre n° 1272
*L'enfant qui parlait aux animaux*, Folio Junior n° 674
*La Potion magique de Georges Bouillon*, Folio Junior n° 463
*Le Bon Gros Géant*, Folio Junior n° 602
*Le Bon Gros Géant (pièce pour enfants)*,
Folio Junior théâtre n° 1467
*Les Deux Gredins*, Folio Junior n° 141
*Matilda*, Folio Junior n° 744
*Moi, boy*, Folio Junior n° 393
*Sacrées Sorcières*, Folio Junior n° 613
*Sacrées Sorcières (pièce pour enfants)*,
Folio Junior théâtre n° 1452

*Charlie et la chocolaterie – Charlie et le grand ascenseur
de verre – James et la grosse pêche – Matilda*
Grand Format littérature

*Coup de chance et autres nouvelles*, Scripto
*L'Énorme Crocodile*, Albums

*Charlie et le grand ascenseur de verre*, Écoutez lire
*Coup de gigot et autres histoires à faire peur*, Écoutez lire
*Fantastique Maître Renard*, Écoutez lire
*La Potion magique de Georges Bouillon*, Écoutez lire
*Les Deux Gredins*, Écoutez lire
*Matilda*, Écoutez lire
*Sacrées Sorcières*, Écoutez lire